如果你无法读尽你的藏书，至少应妥为保管，或是时加摩娑——浏览一番，让它们自然地舒展。随兴阅读，亲手把它们摆回书架，依照己意排列；至少知道它们的位置，让它们成为你的朋友，最起码，也成为你的旧识。

——丘吉尔

启真馆 出品

三 味
书 屋

书 窗 风 景

谢其章 著

ZHEJIANG UNIVERSITY PRESS
浙江大学出版社

序

前三十年蜗居在大杂院的西房，我记得父亲曾经布置出来一间书房，书房内有一张写字桌、两个书架、两个玻璃门书柜，书架上方悬挂着荣宝斋木版水印《八十七神仙卷》。这间书房存活了几年，留下的只有一张用 135 照相机拍的照片。书房窗外是全院人口进出的必经之路，终日不得安宁。所以，关于书窗和风景，我想都没想过。

三十年之后，我一直住在楼房，搬过一次家，住进现在自称"老虎尾巴"的房子里。两次住的楼房都是在三楼，高一点的树越过三楼，形成一片绿荫，还不遮挡光线，这是三楼的好处。前一次的三楼南、东、北三面都有窗，窗窗接临树荫。风景虽好，可惜那时我不大买书，也不大读书，偶尔写过四五篇小文章，对于书窗及风景，也只是想过一点点。

后一次的三楼竟住了二十二年之久，虽说我不会终老于此，可是五六年还有得住。搬来之初，我就注意到窗前的几株树很不美观，虽不知道是什么树，但样子就像永远长不高的桃树。心想，它何时能攀上我的三楼？该树其貌不扬，树叶颜色紫了吧唧，无论春秋，永远没个喜庆劲儿。更怪的是，整个小区几百棵树，偏偏我家楼前这几棵萎靡不振。今年夏天，一楼小院里的一棵杂树忽发生机，枝叶节节升高，即将与我家窗户齐平。我格外欣喜，天天数着它又长高了多少。那天中午，忽然感觉南窗明晃晃的敞亮，我心中诧异，来到窗前，天哪，那棵树被齐根砍了。我赶紧下楼探问，原来是一楼住户要求砍的，野生之树，没有生存权。一楼住户也许认为，十来平方的小院容不下疯长的树。

再来说说北窗，老虎尾巴即安在北窗之下。北窗外是小区的花园，有草地、高树，但是离我的书窗太远，不宜赏景。接近北窗的是一棵榕树，我不喜欢榕树的样子，三年前连这棵聊胜于无的榕树竟亦枯死，北窗之风景，尽数消歇。原先，北窗墙上遍布爬山虎，偏偏爬山虎也不解人意，就是不往我北窗上爬。后来，听说因为安全的原因，爬山虎被连根铲除了，我想，好歹落个公平吧。爬山虎生命力顽强，去年忽然眷顾我的北窗了，我赶紧用手机拍照存念。爬山虎真来了，我才明白这家伙爬在纱窗上抓得很牢，严重妨碍拉开纱窗。

有一利必有一弊，莫不如此。

　　窗外无风景，却不耽搁我的工作，我几乎是一年一本书的进度。什么风景，什么书窗，皆过眼云烟。民谚讲得好："有它过年，没它也过年。"我看过一个大画家的别墅，他在院子里种了上百株银杏，昂扬挺俊，森然布列。画家说，他老家在成都，院子里种了上千棵银杏，那个阵仗真可谓"锦官城外柏森森"。于是，我明白了一个道理，若没有经济实力，就只能被动地接受既成风景。

2018 年 8 月 28 日于老虎尾巴

目　录

鲁迅的冷暖春节

　　《鲁迅日记》，现存自 1912 年 5 月 5 日至 1936 年 10 月 18 日，中缺 1922 年部分。从 1913 年至 1936 年，这二十三个春节鲁迅是怎么过的呢，从日记里，我们可以体会鲁迅的冷暖春节。1922 年的日记据许寿裳抄本幸存下来四十七天的日记，尤可庆幸的是除夕（1 月 27 日）日记在焉："晴，雪。……旧除夕也，晚供先像。柬邀孙伏园，章士英晚餐，伏园来，章谢。夜饮酒甚多，谈甚久。"想来，这一年的春节还是蛮有年味的，毕竟是一大家子团聚。

　　八道湾十一号的四个春节，日记里两次出现爆竹，这是鲁迅生活中少有的暖色。1920 年 2 月 19 日："晴，休假。旧历除夕也。晚祭祖先。夜添菜饮酒，放花爆。"1923 年 2 月 15 日："晴。下午游小市。旧除夕也，夜爆竹大作，失眠。"

　　往前推，鲁迅在绍兴会馆度过的几个春节，孤寂、清寒、单身，完全的冷色调。逛小市、遛书摊，成为一代文豪春节的消遣，可惜没有书贩回忆与鲁迅是如何打交道的，鲁迅砍不砍价呢，我们知道鲁迅不买超行市的贵书，"下午往留黎厂及火神庙，书籍价昂甚不可买，循览而出"。

幸而鲁迅有个朋友圈，逢年过节，三五知己相聚小酌，倒也不乏世间的人情温暖，亦令今人怀想不已。我们都知道，鲁迅的字非常之好，郭沫若赞曰："鲁迅先生亦无心作书家，所遗手迹，自成风格，融冶篆隶于一炉，听任心腕之交应，朴质而不拘挛，洒脱而有法度，远逾宋唐。直攀魏晋。世人宝之，非因人而贵也。"可是也许我们不了解，在绍兴会馆的那些日子里，鲁迅没日没夜地抄写碑帖，实为破除苦闷的良方，练过字的朋友是知道的。可是大春节的还在抄写，这就不能不让我们同情鲁迅"太苦着自己啦"。1917 年 1 月 22 日《鲁迅日记》："晴。春假。上午伍仲文，许季市各致食品。……旧历除夕也，夜独坐录碑，殊无换岁之感。"

十五岁的时候，我在唐山过春节，长这么大还是头一次不在父母身边过春节，但毕竟不是独自一人，还有弟弟和一个同院的发小，我们仨步行去山海关。又过了两年，我赴内蒙古下乡插队，平生第二次不在父母身边过春节。几十个春节驶过，我自忖"殊无换岁之感"的冰冷彻骨。

1924 年的春节，对于鲁迅来说有苦难言呀，兄弟莫名缘由失和，鲁迅只得迁居砖塔胡同六十一号，好不容易聚齐的大家庭，散了。除夕之夜，鲁迅借酒浇愁："旧历除夕也，饮酒特多。"大年初二，"夜失眠，尽酒一瓶"。

一年后，鲁迅在新购的西三条胡同二十一号过春节，似乎忧闷如故，碑是不抄了，改为译书了，"自午至夜译《出了象牙之塔》两篇"。西三条胡同二十一号的第二个春节也是鲁迅平生最后一个在北京过的春节，只有淡淡的一句"旧历丙寅元旦"。

离开北京之后的第一个春节（1927 年），鲁迅是在广州度过的，大地回春，鲁迅的暖春也来了。2 月 2 日："晴。旧历元旦，午广平来并赠食品四种。"大年初三，鲁迅心里喜悦，游山时竟"从高处跃下伤足"。鲁迅像小孩子似的蹦蹦跳跳，沉郁之气为之一扫。

许广平在侧，鲁迅的春节气象由冷转暖，看电影代替了遛小摊；有了海婴，除夕之夜，"又买花爆十余，与海婴同登屋顶燃放之，盖如此度岁，不能得者已二年矣"。

真心为鲁迅的暖春，高兴！

2018 年 1 月 4 日

巴金留给我们的文化遗产

想说说我与巴金先生及现代文学馆的一点儿小故事。

20世纪20年代，最重要的新文学期刊当属《小说月报》，40年代为《文艺复兴》，30年代则非《文学》莫属。二十五年前，我在中关村跳蚤市场买到近乎全份的《文学》，姜德明先生对于我买到《文学》的好运给予夸奖，并在见到巴金时说起此事："在北京的一位青年书友，花了400元，在地摊上买了差不多全套的《文学》。巴老很有兴趣地听着，并说'那很便宜'，他还说，他有全套的《文艺复兴》，《文学》大概不全了。"说到这里，我与有荣焉，《文艺复兴》寒斋所存也是全套的。至于《文学》的全套版本，我在范用先生的书房见过一份。

现代文学馆是在巴金的倡导和推动下建立的。1985年3月26日，文学馆举行开馆典礼，名誉馆长巴金"从上海赶来，坐着轮椅"参加典礼，过了几天，即4月4日，巴金又来到万寿寺（文学馆初期"筹备处"），"一进门就摸出鼓鼓的信封袋，交代这是来京后得到的稿费现金，并宣布，在已经捐出 15 万元的基础上，今后将自己的每一笔稿费，无论多少，无论是国内的还是国外的，全部作为文学馆的基金捐出"（吴福辉《现代文学馆与我跋涉走过的路》）。

吴福辉说："记得那天还请他（巴金）看了文库，包括他的"巴金文库"。他赠给馆里的自己的著作（包括《家》等代表作品的世界各国译本）都是他一本本从上海寓所的书架上亲自挑选、包好寄出的，许多都重新题签，说明书的来历、版本的特殊性等。"

关于我与巴金及现代文学馆的一点儿小故事，说起来挺有意思。1992 年，我在离万寿寺不远的地方上班，慕名而访现代文学馆并记有日记。2 月 17 日，星期一："外出办事，顺路想参观北京艺术博物馆，关门。意外发现近旁即是中国现代文学馆，凡是有文化的地方都是如此安静和冷清，空旷的大院子。在'巴金馆'受到热情接待。柜子里陈列着那么多好书，都是巴金捐献的。《北平笺谱》是鲁迅、郑振铎的签名本。那一排《中国新文学大系》真令人眼馋。"

2 月 26 日，星期三："散会后又转到现代文学馆，参观者仍是我一个人，碰到上回特别热情的馆员，捧着饭盒远远走来，我说，文学馆不锁门，这么多贵重的书不怕偷啊？他一笑，谁偷书呀！交谈中才知我俩同岁，又是八中同学，所说之事大都熟悉。这次他领我去了丁玲藏书室和后面的期刊库房，真是诱人的地方，不忍移步。他告诉我，这个三进大院是当年慈禧去颐和园途中的行宫。"

以后的几年中，不断有现代文学馆新馆新址的消息，新馆终于在2000年5月对外开放，大门上镌刻着巴金的手模，以此向这位文学大师致敬。当年秋天女儿考取对外经济贸易大学，开学第一天，我送她到校报到后顺路参观面目一新的现代文学馆。当天几乎没看到什么实质性的图书，我非常失望，远不如八年前在万寿寺旧馆的"零距离"接触新文学珍本。失望之余，我写了篇《现代文学馆参观印象记》投给报纸，当时并不知道还有更大的失望之事会发生。

全中国收藏"新文学"版本书刊最丰富的是唐弢先生（1913—1992），他去世之后，藏书全部捐献给了现代文学馆，巴金盛赞："有了唐弢文库，中国现代文学馆的藏书就有了一半。"唐弢爱书如命，20世纪50年代初，东北新华书店一位搞装帧的人借去唐弢几十本装帧最漂亮的图书，其中大部分是钱君匋设计且只印过十来本的特藏书。不料一借数年，归还时已破烂不堪，面目全非。还有一回，为参加莱比锡国际图书展览，唐弢收藏的德、法两国图书最早的中译本被借去参展，展后书退还至文化部却不翼而飞，时任文化部部长的茅盾下达"一定追查，还给唐先生"的批文，却始终查无下落。唐弢想不到的是，身后他的宝贝又一次受伤。

最让人不能理解的是，那么珍贵的唐弢藏书为什么非要贴标签？为什么就不能想出一种特殊的方法来管理唐弢藏书。我看鲁迅的藏书就不是贴标签的（近有《鲁迅藏书签名本》出版，那些签名本触手如新，没有一本是贴书签的）。想一想吧，近乎孤本的《域外小说集》（唐弢曾说："世有识者，当能珍重地保留着这部佳籍的吧。"）及《月界旅行》等，它们都被贴了白色标签，像不像林冲发配沧州脸上刺的字？唐弢地下有知一定很难受吧。2008年《中国现代文学馆馆藏珍品大系·巴金文库目录》出版，我最先注意的是巴金藏书贴了标签没有，很遗憾，很遗憾，照贴不误。

我读这本目录，除了被巴金精神感动之外，还注意到一些有趣的小细节。大家都知道巴金的成名作是《家》，但是极少有人注意，1933年5月开明书店的初版本《家》，存世极罕，连巴金自己都没有。"原来有《家》的初版本，但'文革'中被造反派抄走了，至今下落不明。"因此很遗憾，巴金文库也只是"二印本"。唐弢文库的《家》也不是初版本，整个现代文学馆也不存《家》的初版本，连上海的巴金纪念馆也没有。偏偏我有幸收藏到一部初版本《家》，而且我的朋友也收藏有一部。为此，我写了一篇《巴金〈家〉初版本存世知多少?》。要知道，就连国家图书馆、上海图书馆等大馆也失存初版本《家》。

我还注意到此目录里的期刊部分，仔细地看了两遍，发现巴金对姜德明所说"全套的《文艺复兴》"有个小问题。巴金所藏《文艺复兴》是一至四卷合订本及另有几册零本，要说全套还应加上《文艺复兴》所出《中国文学研究》(上中下)三册专号，目录里却没有这三册专号。还有一个小问题，巴金所说"《文学》大概不全了"，而我只在目录里找到两期《文学》(第七卷第一期，第七卷第四期)，第七卷第一期还是个残缺本，说来只有一期半。

巴金参与编辑和主编的刊物《文丛》和《文季月刊》，竟然也有缺期，《文季月刊》所缺为重要的创刊号，《文丛》缺失更甚。我曾写有《巴金带着〈文丛〉纸型撤退到桂林出版》，对于如此重要的《文丛》，作为接收巴金捐书的机构是否应该设法代巴金配齐它，这么做了，对于深入研究巴金藏书这份宝贵的文化遗产，我想是非常有益的。

据巴金研究专家、巴金纪念馆馆长周立民统计:"巴金捐献给国家图书馆的书刊共 7000 多册、中国现代文学馆 9000

多册、上海图书馆 6395 册、泉州黎明大学 7073 册、南京师大附中 600 多册、香港中文大学 71 种共 1202 册，另外给成都慧园等机构也捐赠过图书。"如此看来，巴金捐赠图书是一项浩大、持续的文化工程。

2017 年 9 月 15 日

《西城追忆》，我的追忆

    我对于新杂志虽还没到轻视之地步，但是重视得并不够。某晚我在孔夫子旧书网闲览，有一个帖子引起了我的注意。发帖的人说他收购了一批关于老北京的旧书刊，我一看都是平平常常的货色，唯有"西城追忆"这个名字，一下子使我来了精神。我马上搜集到了关于这本杂志的相关资料，而且连夜下了订单，真是该感谢网络的神奇，搜索、下单、汇款都是在电脑前完成的。第三天，我就收到了若干本《西城追忆》。

    《西城追忆》乃"内部资料"，编辑者为北京西城区档案馆，分发至街道办事处及大一点儿的家委会，每年出四期。之后，这些杂志逐渐流散到书贩手里，他们拿出来在书摊卖，我才有机会知道有这么一本好的读物。所谓好，是因为我在西城生活了三十几年，"幼小初"三级教育皆"受教"于西城，感情不是一般的深。还有一个好，是图片的珍贵，只有档案馆才拿得出来的"老照片",看得我思绪翻滚。有几张老照片,显示的是我工作过的地方,几十年前的屋顶居然一点儿没变。由于是平顶,每临雨季就得提前铺油毡,用沥青抹缝,这些活儿我都干过。

我上小学时每天乘坐7路公共汽车,上下学都坐,坐了六年,有几千次了吧。7路公共汽车是北京比较早的公共汽车,从动物园始发至前门终点,这条马路的下面就是北京古代的水道。我对7路公共汽车是怀有感情的,在《西城追忆》里,居然有一张照片拍的就是7路公共汽车的站牌,有人在那等车。这样的照片只会出现在《西城追忆》这种性质的刊物里,有些大场景照片,普通照相机是拍不来的。

西单路口的变化太大了,旧迹难寻,《西城追忆》里却刊登了好多张20世纪五六十年代这个路口的照片,最让人难过的是双塔庆寿寺的拆毁,那是古城风貌的标志啊,真是应验了老话"崽卖爷田不心疼"。我知道姜德明先生最初进北京工作,在西城住过一段时间,就打电话跟他聊西单路口。姜先生说路口东北角有座楼房,"五十年代出版社就在楼里"。我说《西城追忆》里有一张老照片(1958年摄),照片中楼前戳着个巨大的电影广告牌,电影的名字叫《共产党员》,是社会主义国家的片子,还有一张照片显示的是国产电影《铁窗烈火》。姜先生说双塔寺旁有家《中外》杂志社在那办公。"寥落古行宫，宫花寂寞红。白头宫女在，闲坐说玄宗。"现代大都市也同样会泛起元稹般思古之幽情。

《西城追忆》里个人的怀旧文章，有写得很好的，如李晋臣老人的《我的西单手帕胡同情结》。我曾说过，写老北京的文章还缺少具体的某座四合院的"院史"、某条胡同的"胡同史"。李老的胡同文章接近胡同简史了（胡同二十一号曾是龚自珍故居。一条胡同值不值得一写，很大程度上取决于有没有历史名人居住过）。仅凭个人力量写不了真正完备的胡同史，光是门牌号码的变迁，就够你一呛。美术史家王伯敏的老师曾与李大钊同住过石驸马桥的文华胡同，几十年后王重访此地，就因为新旧门牌对不上，跑了两趟才找对门。我曾在石驸马第二小学上过学，前几年回母校，想着顺道瞻仰一下李大钊故居，愣是连文华胡同都没找到。已故邓云乡先生所写的老北京胡同最为仔细，哪个门里住的是谁，曾经又住过谁，他都能够考证一番。像察院胡同住过词学家叶嘉莹，邓云乡连院内一株大树的枝杈延伸到墙外，遮满了小胡同的景象也写到了，"花片落时粘酒盏，柳条低处拂人头"。古城的深宅小巷原来也有江南美色。我读了邓文赶紧去访叶宅，没进门去，只为看那树荫，当然现在一切都被高楼埋葬了。

还是需借助档案馆的老照片，我为李老的手帕胡同配了好几幅图，图文并茂，怀旧之思才有了安稳的归宿。手帕胡同东口是热闹的西单大街，西口对着的是石驸马桥。我隐约记得小学一年级时去过西口一个同学家玩，记得那个院子和别的四合院不大一样，木门、木檐、木廊、木影壁都不同。我最近走访手帕胡同，就是凭着这隐约的印象。五十多年后，我又走进了这个院子，没错，就是它！由于木材用得多，到处都散发着霉味。"去年今日此门中，人面桃花相映红。人面不知何处去，桃花依旧笑春风。"为什么四合院没能产生这么美好的诗句？我们辉煌的诗史曾经出现过"边塞诗人"，也有过"田园诗人"，为什么就没有"胡同诗人"？

西单路口西南角原来有一家纸店叫同懋增，在历史上出了大名，出名是由于著名的"八千麻袋"事件。"1921年前后，北洋政府财政艰窘，政府各部门自筹款维持。已有几年支不出薪水的教育部就把所存的清代大内档案作为废纸，以4000银圆的价格拍卖给了西单同懋增纸店，用这些钱来维持教育部的运营。这些档案重约15万斤，装满八千麻袋。纸店搜拣了一部分档案出售，其中大部分渍水后用芦席捆扎，准备运到唐山、定兴去制作'还魂纸'。清朝遗老罗振玉得知这一消息，以12000银圆购回这些档案，并对部分档案进行了整理，但已损失两万斤，折合档案约数十万件。1924 年，因财力不支，罗氏将档案以 16000 银圆转卖给前清驻日公使李盛铎。1929 年，李盛铎又将这部分档案以 18000 银圆的价格转卖给历史语言研究所，始得归公。"罗振玉怎会率先知道此事呢？原来，同懋增的掌柜是罗振玉的本家亲戚，就住在手帕胡同，和罗振玉住在一个院子，手帕胡同东口出来往左一拐就是同懋增纸店。《西城追忆》也没忘了搁一张同懋增的老照片。

读《西城追忆》，我还知道了周恩来总理曾经于 1960 年 4 月 1 日到过三十四中学，慰问救火负伤的老师和学生，而我曾就读于这所中学。

2017 年 5 月 16 日

《北平一顾》《日本管窥》成书经过

20世纪一二十年代，新式报纸、杂志业迅猛发展，同时促成了图书出版业的发达，于报刊逐日逐期连载的长篇小说，很容易就能换上单行本的面目以期赢得更多的读者和利润。与报纸相比，杂志经营者更是如鱼得水，就拿《宇宙风》杂志来说，它连载了二十四期老舍的《骆驼祥子》，后来出版了单行本，它将十来期的《北平特辑》选编出版成《北平一顾》，还将两期的《日本与日本人特辑》选编成《日本管窥》出版。这样的经营之道，我们今天的纸媒当然不会放过，做起来更加得心应手。很有意思的是，《宇宙风》自第十九期至三十一期连载《北平特辑》，其间第二十五和二十六期为《日本与日本人特辑》，而这两期还夹有《骆驼祥子》的连载，也就是说这两期（尤其是第二十五期）杂志几乎整本都转化成了单行本，真正做到了效益最大化。

1935年9月，《宇宙风》杂志在上海创刊，62年后，《宇宙风》的编辑之一周黎庵（1916—2003）写道："因为我曾参与《宇宙风》的编辑工作，并且创办人和编辑者至今尚存世的只有我一人，所以我来为《宇宙风》选本写一篇前言，介绍它创办的经过及当时文坛的背景，是义不容辞的事。"周黎庵的文章透露了许多《宇宙风》的内幕，实为不可多得的史料。如这期《宇宙风》的发售量是45000册，仅次于《生活》周刊的12万册、《东方杂志》的8万册。45000册的发售量是《宇宙风》最初一两年的业绩，后来的若干年可没这么多了，这也是前五十期的《宇宙风》如今存世较多的原因，五十期之后的一百多期则非常难碰到，我存有两套《宇宙风》，但哪套都不全，两套也拼凑不出一套全的，今生已不存奢望。

我喜爱《宇宙风》甚于其他优秀杂志，因此对于它所出的单行本，我也爱屋及乌有一本收一本，《北平一顾》和《日本管窥》便是这么得来的。两本书都是周作人题写书名，《北平一顾》不如《日本管窥》写得好，过于随意，不像是郑重其事为一本书写的。我的存本还是精装本，暗红的书面了无装饰，只有书名虚浮着，经过柯卫东兄的修补，还是没能增色多少。前些日子，我在网络书店买了一本平装《北平一顾》，显摆给柯兄瞧，却被瞧出是盗印本，我不忍心说"盗"，只称其为香港翻印本。

1936 年 5 月第十七期《宇宙风》的编辑后记称："6 月特大号《北平特辑》，已分函特约居平各作家撰稿，希望以最丰富精彩的内容飨我读者。"兵贵神速，第十八期《宇宙风》已刊出"北平特辑要目预告"，所预要目与第十九期实际刊载几乎一篇不差。6 月 16 日，特大号《北平特辑》登场，篇幅果然由平日的 56 页增加到 80 页。

编辑在后记中写有这么几段："真如知堂先生所说，'北平现在不但不是国都，而且还变成了边塞，但是我们也能爱边塞，所以对于北平仍是喜欢，小孩子们坐惯的破椅子被丢在门外，落在打小鼓的手里，然而小孩子的舍不得之情故自然深深地存在也。'我们出《北平特辑》的意思大致也是如此。"

"特辑征文非常踊跃，详细拜读之后，选用了三十余篇，本期因篇幅所限，不能全数登出，只得分两辑留刊下期。"实际是拖宕了十几期才将《北平特辑》刊完。

"铢庵先生的《北游录话》全文约 6 万字，拟分十期登完。作者久居北平，熟于掌故，今以亲切笔调，取对话形式将北平的形形色色简明扼要地写来，无疑将成为一部写述北平的代表作。"铢庵即瞿兑之（1894—1973），《北游录话》未能入选《北平一顾》。凑巧的是，七年后的《古今》杂志也是在第十九期，在《周年纪念特大号》上，瞿兑之写了一篇《〈宇宙风〉与〈古今〉》，内云"《宇宙风》半月刊是民国二十四年九月十六日创刊的（现在居然侥幸还有一本在手边），还是七年前的事"。一语流出几多感慨。

"外稿特选出能绘出北平的某一角落者。本期有捧角家、庙会、货声、乞丐之类，下期有市场书摊、天桥、公园等。"这时我才知道《宇宙风》是同人刊物，不然哪里来的"外稿"一词。《广和楼的捧角家》的作者"绿英"，也就是吴祖光，他出名是在十年后的重庆。

《北平一顾》中周作人《北平的春天》原发在第十三期《宇宙风》的春季特大号上，文章被选进书里，这是我一一对比《北平特辑》和《北平一顾》里的文章时发现的。另外《北平一顾》选入的《北平早晨的吊嗓子》《拘留所速写》并不是《北平特辑》刊载过的。还有一种情况，《北平特辑》刊载的文章并非全部收入《北平一顾》，如署名"石敢当"的《关帝庙求签记》就没被选入。

《日本与日本人特辑》分上下两辑于第二十五和二十六期刊出，第二十四期有广告"创刊一周年纪念倍大号 本刊下期内容《日本与日本人特辑》十万言一百页"。第二十五期目录最先刊载的是《知堂先生近影及手札》，这也是《宇宙风》作家影像系列第一回，有周作人的全身照，我看像是站立在八道湾十一号第一进院子的空地，这个院子是不住人的。手札是写给主编林语堂的，内云"语堂兄：近日拟写一小文，介绍王季重之'谑庵文饭小品'，成后当可以寄奉"。

特辑里署名"伯上"者，即周丰一，写有《我的日本房东》。周丰一的随笔文章散落在民国报刊上很是丰富，足够一本书的量，却始终没有人想到为周丰一结集出本书。域外作家朱鲁大于《知堂散文有传人》中写道："从以上事实来看，周丰一当年能跻身名作家之林，发表文章在《宇宙风》上面，固然是得到了他父亲的指点，以及父执辈的提拔和赏识，但更重要的是，他的散文写作的确是承袭了他父亲的风格，意境异常深隽淡泊。论年岁，《我的日本房东》和《留须》这两篇散文的写作与发表之时，周丰一才不过是二十四五岁。"问题不在于周丰一文章好不好，而是研究周作人又多了一个角度才实惠呢。

《日本管窥》在日本特辑之后两个月（1936 年 12 月）就迅速出版了，如果再拖个一年半载，这书出得成还是出不成就两说了。

2017 年 1 月 5 日

《大家》与张爱玲友善

1945年8月之后，上海的文化期刊有过几个月的间歇，之后又繁荣起来。我的收集兴趣虽然不如8月之前那般浓烈，但是见到中意的几乎全买到手了，如《文艺复兴》《人世间》《文章》《周报》《大家》《文萃》等，这么说吧，该有的全有了，这些品种均可视为杂志中的上驷。《大家》的得手稍曲折，一开始，我搜集张爱玲的初发刊只限于1945年8月之前的，没有通盘考量，等到醒悟过来正确的做法时，张爱玲已经是热门的标志，杂志不好找而且价钱贵。我的书友赵国忠某个周末早晨在潘家园书摊碰到一个书贩正在卖一堆旧期刊，他带的钱不够，赶到门口等我来。我到之后再去找那个书贩，东西已经易手。赵兄倒是无大所谓，旧期刊不是他的主项，我却懊丧不已，问他那堆杂志里都有什么，称有《文饭小品》《大家》《人间世》等十几种，我更是懊恼。

1998 年 3 月 14 日，星期六，大风。这天于西单横二条中国书店购得《大家》合订本，看来我与张爱玲初发刊真的有缘。说起当天的情景，犹为之神往，张爱玲称出名要趁早，我则是淘买旧书也要趁早——年纪轻体力好。是日，大清早5 点钟出门，倒三趟公交到潘家园，买书刊三十余册，然后坐公交赶到西单横二条购得《大家》等二十余册杂志，之后坐三轮车赶到琉璃厂来薰阁购民国版《蕉窗话扇》，最后拎着三大包书刊打车回家，我竟然忘记午饭是什么时候吃的。横二条中国书店那天是重装开业，好东西敞开供应，有钱的话，当场就能成为"藏书家"。卖给我《大家》的店员姓韩，是第二代"杂志大王"刘广振的高徒，写一手好字，对我一直友善。他说你这么喜欢旧杂志，可惜没赶对机会。有一次，杭州旧书店将民国杂志清仓处理，多少麻袋呀，总价才 18000元，如果你赶上了一把买断，以后就没急着啦。我的《大家》是以 550 元的价格买来的，上面有我不忍回望的上海旧书店定价签"册数 3，定价 2.00"。

我这本《大家》还有点儿说头，合订本的书脊下面有两行字"群众出版社 资料室藏"，创刊号封面盖着红方章"群众出版社资料室"。凡是玩旧书的，谁手里没有几本"群众出版社"的旧物呢。至于何以该社的藏书铺撒得似满天星斗，我是知道内幕的，如果谁有兴趣，不妨读读韦力的《失书记》和《上书房行走》，里面有个惊心动魄的传奇故事。我补充一点儿，该社的平装书是一个去向，而该社的线装书又是一个去向，至于该社的老杂志则又是另一个去向。在运输老杂志的过程中，难免发生如敦煌遗书押解送京途中所发生的小偷小摸。鲁迅说过："在中国凡是公共的东西，都是不大容易保存的。倘其落在内行的手里，就会被偷完；倘其落在外行的手里，就会被糟完。"

张爱玲是现代文学史上唯一一位天才作家，如果谁不服气的话，请读一读张爱玲十八岁所写的《我的天才梦》，哪怕你能写出其中一句也算离天才不远了。就算是张爱玲，在现代文学的生产流水线上也要有贵人的帮忙。算起来，这几位应该算是张爱玲的贵人，周瘦鹃（1895—1968）、柯灵（1909—2000）、胡兰成（1906—1981）、龚之方（1911—2000）、唐大郎（唐云旌，1908—1980），还有一位是少为人知的《杂志》主编吴先生。这几位因为赏识张爱玲的才华而提供发表作品的阵地，而胡兰成则直接影响了张爱玲的文字风格。止庵曾说："我读《今生今世》，觉得字里行间也有她的影子。那么张爱玲是否受过胡兰成的影响呢。二人相识于《封锁》发表后，大约是1943年底。她继而所作《花凋》《年

· 22 ·

青的时候》，以及《传奇》增订本新收《鸿鸾禧》等五篇，风格较之先前有明显变化，更多采用'参差的对照手法'，更加强调人生的'苍凉'，乃是真正进入成熟时期，恐怕不能说其间毫无关系。如今没有张爱玲，也就没有胡兰成；当年没有胡兰成，张爱玲会是什么样子——恐怕总要打些折扣罢。"

柯灵对于张爱玲成名因果发表过一句甚高明的言论："张爱玲的文学生涯，辉煌鼎盛的时期只有两年（1943—1945年），这是命中注定，千载一时，'过了这村，没有那店'。幸与不幸，难说得很。"这番话间接地否定了那番话："上海沦陷后，文学界还有少数可尊敬的前辈滞留隐居，他们大都欣喜地发现了张爱玲，而张爱玲本人自然无从察觉这一点。郑振铎隐姓埋名，典衣节食，正肆力于抢购祖国典籍，用个人有限的力量，挽救'史流他邦，文归海外'的大劫。他要我劝说张爱玲，不要到处发表作品，并提了具体建议。她写了文章之后，可以交给开明书店保存，由开明书店付稿费，等河清海晏再印行。"除了郑振铎的这番蠢话之外，柯灵自己也傻傻地劝过张爱玲："我顺水推舟，给张爱玲寄了一份店里的书目，供她参阅，说明如果是我，宁愿婉谢垂青，我恳切陈词：以她的才华，不愁不见知于世，希望她静待时机，不要急于求成。"柯灵此篇《遥寄张爱玲》，情辞并茂，可入选中国现代散文名作之林。

河清海晏之后，张爱玲果然受到责难。对于此时墙倒众人推的民族性，张爱玲借《传奇》增订本（1946年）出版之机给予回击："何况私人的事本来用不着向大众剖白，除了对自己家的家长之外，我仿佛没有解释的义务。"所幸张爱玲一直不乏贵人在关键时刻挽大厦之将倾，不然的话，一直靠稿费维持生活的张爱玲怎么撑得下来。

这回伸以援手的是龚之方和唐大郎。龚唐二人在那一时期，在我看来形同一人，或可喻为"龚不离唐，唐不离龚"。龚唐二人于1946年春成立"空壳公司"，即"山河图书公司"，龚之方称："山河图书公司实际上是一块空招牌而已，所刊出的地址是我与名作家唐大郎（云旌）写稿的地方。"实际上"山图"只出版过一种单行本，即张爱玲的《传奇》增订本，还有就是《清明》与《大家》杂志。再往后，1949年7月龚唐二人主办的《亦报》，连载了张爱玲的小说《十八春》和《小艾》，而此时张爱玲只能化名为"梁京"，龚唐二人对张爱玲的帮助只能这么多了。

《大家》1947年4月创刊号出版（出版人龚之方，编辑唐云旌），相对于战前的十几个杂志阵地，现在张爱玲只剩《大家》一个阵地。张爱玲对于杂志有着感恩的态度："以前的文人是靠着统治阶级吃饭的，现在的情形略有不同，我很高兴我的衣食父母不是'帝王家'而是买杂志的大众。"

第一期的编后记两处提到张爱玲："本期郑重向读者介绍的是赵超构（笔名沙）先生的短篇、张爱玲小姐的小说、黄裳先生的游记、吴祖光先生的杂写、马凡陀先生的诗、凤子小姐的小品。""张爱玲小姐除了出版《传奇》增订本和最近为文华影片公司编写的《不了情》剧本，这两三年之中不曾在任何杂志上发表过作品，《华丽缘》是胜利以后张小姐的'试笔'，值得珍视。"《华丽缘》中有一幅插图，不知出自谁之手。

第二期刊出张爱玲的《多少恨》（即《不了情》），丁聪作一幅插图。第三期续完《多少恨》，丁聪又作一幅插图。丁聪从未提过为张爱玲作插图这件事，也没有人在张爱玲火遍神州后向丁聪求证这个花絮。第三期的编后记称："本期将张爱玲小姐所作《多少恨》小说刊完，占十九面篇幅之多，这是应多数读者要求，我们特地烦恳张小姐赶写的。"幸亏一鼓作气连载完毕，第三期是《大家》的最后一期，《多少恨》最后一段竟成为张爱玲留在大陆杂志的绝笔："隔着那灰灰的、嗡嗡的、蠢蠢动着的人海，仿佛有一只船在天涯叫着，凄清的一两声。"

张爱玲，一只漂泊天涯的小船。

张爱玲与胡兰成诀别时也写到船："那天船将开时，你回岸上去了，我一人雨中撑伞在船舷边，对着滔滔黄浪，伫立涕泣久之。"

2017 年 10 月 6 日

"唉，唐文标，爱死了张爱玲！"

　　元旦前后，饭局频多，见面的多是不必"久仰，久仰"的熟朋友，只有香港许礼平先生这一位"久仰"的生朋友。许先生风趣、儒雅，开场白竟然有一句久违的活："贫下中农同志们！"气氛一下子亲切起来，我便想起《旧日风云》里的疑问，并悄悄问了一句："为什么同样的中文，我们表述起来总是避免不了学生腔？"本来我还想请教许先生对于张爱玲和唐文标有何评论，但饭桌气氛融洽得不得了，时间竟一晃就过去了。

　　张爱玲"兀自燃烧的句子"多到可以出一本语录。唐文标文字不是灼灼其华一路，更像其身份"数学家、诗人、文学评论家、戏剧学家"的杂糅。唐文标这个人，缩小了来说是个学者，放大了来说是个"盗版"者。唐文标是卓有才华的学者，只不过他惹恼和激怒的是张爱玲，因此被放大了无数倍。虽路见不平，但爱莫能助。

也许是天意吧。唐文标回想："最初我在香港街头买到三本励力翻印本小说《传奇》，当时一无所知，当小说看完后，书也丢了。那时候我还在香港念中学的日子，在旧书摊捡破烂时买到的，什么'励力出版社'翻印的翻版书，《传奇》三本合成一套，印刷得很差，但封面像是花花绿绿的颜色，貌似有一个民国初年流行的女性形象，用炭笔随意挥洒几笔，有点犯冲色那种土味，但又不像年画，除此之外，我就再也没有印象了。她的小说对于那时的环境来说，当然不能让读者明白她在做什么的。现在大家也都忘了昔日的瓢饮。"

如果到此为止，画上句号，张爱玲走她天才梦的路，唐文标走他数学家的路，纵使走到地老天荒，二人亦永远不会结怨、结恨。尽管张爱玲还是会在1995年9月死在美国的公寓，而唐文标则不至于中寿之年"爱张爱玲爱到赔掉一条命"（季季语）。

唐文标丢掉《传奇》之后，本以为"佳人难再得"，哪知因缘殊胜，复于"旧金山一书店以极低价买了天风版《张爱玲短篇小说集》，转手为好友庄信正博士送去，最近蒙再寄还制版，恍如隔世"。"我把张爱玲小说放在一边，有一段长时间了。海外闲谈，难免总在'文人俗谑'中出现她和其他人。我甚至把一本天风版的《张爱玲短篇小说集》也送给了一位朋友。当时对她的印象，停留在直觉和消遣性阅读之间，我粗疏地把她归入张恨水那类民国以后的新鸳鸯蝴蝶派。"天风版《张爱玲短篇小说集》不是盗版，唐文标似乎未及深读便送给了庄信正，而这个庄信正更是个资深张迷，且资历强悍到"我与她三十年半师半友的交谊"。少不得说些唐文标的坏话，"其次是一九八三年，有八封，上半年五封，多半是谈唐文标盗印她作品的事"。（庄信正编注《张爱玲庄信正通信集》）人只有人的力量，自不必深责庄信正。

上面两种张书，《传奇》形迹可疑，"翻印"只是委婉之词。张爱玲讲："我写的《传奇》与《流言》两种集子，曾经有人在香港印过，那是盗印的。"（1954年7月香港天风出版社《张爱玲短篇小说集》自序）后者经张爱玲验明正身，是可信赖的。唐文标起手第一次买张书即为盗印本，好像命中注定"以盗始以盗终"，当然这是迷信的话。

真正的迷信来自唐文标自己："第三次是1972年在台北的妙章书店见到上海版《流言》，以极高价购之（近200元台币）。纯为好奇，当时皇冠版《流言》仅台币10元而已。也许人生的契机端在种念，我想不到这一本原版《流言》是后来出版张氏书籍的开端生命之无趣也如此。""开端"后面似少了一个逗号，也许不少。

唐文标称："十年前，我起意研究张爱玲的时候，草拟一个作品年表，来帮助自己加深对她作品的了解，后来根据当时极其寒微的资料，写下一篇《张爱玲小说系年》。这是一篇贻笑大方的东西，唯一令自己至今安慰的是，这类傻事在我之前未有人做过，在我之后还会有人要这么研究吗？我姑且称它为'唐文标的方法论'吧。"

今天的张爱玲研究者毫无感恩之心地享用唐文标的成果，甚至取笑唐文标的笨方法。唐文标——开风气之先者，张学史料的先驱，于黑暗中独自前行，在白纸上勾勒张爱玲文学之旅。后来者满足于在张爱玲全图上拣点儿豆腐干大小的漏，而等到他们察觉张学大有可为时，唐文标已殉职在张学丰碑之下。唐文标于黑暗中的探索终见光明，张爱玲作品发表史的主动脉被他摸准了，零星的遗漏无关宏旨。唐文标本领高强，他比对出多处张爱玲作品初发刊与单行本之间的差异，并成功地把《双声》中抹黑的段落还原了个差不离。

唐文标编述的几本张学专著有《张爱玲杂碎》（1976年）、《张爱玲卷》（1982年）、《张爱玲研究》（1983年）、《张爱玲资料大全集》（1984年），寒舍均存焉，以《大全集》最为名贵，故得之不易（我这本竟然为毛边本）。三十年前，我曾默默做过一项统计，将自存的民国刊物里张爱玲作品名目见一录一，只是觉得好玩，并没有什么远大志向。

后来，我慢慢地知道了张爱玲的好处，张爱玲作品的初发刊物也被我搜集到十有八九，一点儿也不逊色于《大全集》。我甚至有意自编一本《小全集》呢，图片及版式之美观齐整肯定超越《大全集》，而且足不出户，不必求爷爷告奶奶，一台惠普多功能家用复印机，全搞定。可怜唐文标抱怨："决定广求佚文后，原本不可得，只好采用最新科技来帮助啦，一是大量机器影印，一是照相机幻灯片子，后者不易工作，前者效果不佳，全依赖图书馆内影印机的质量而定，一般皆奇劣。费时失事，且装订本中间隙缝极难印出。"唐文标犯了技术失误，《大全集》不该坚持"用大开本"，半生心血化作一具"傻大黑粗"。

庄信正代张爱玲出头怒斥唐文标没啥不可以，可是对于老朋友未免用词不当："显然是做贼心虚，他盗印时往往在序跋里惹眼地列一堆人名，表示他（她）们支持或至少默许这种行为。例如《张爱玲资料大全集》扉页列了二十一人，而意犹未足，《后记》又举了几人。"（1982年12月23日张爱玲致庄信正，庄的注解）。"《张卷》前天寄到，看后觉得唐颇像当年鲁迅斥杨邨人那样，是'文摊上的一个小贩'，可鄙亦复可怜。"（1983 年 1 月 8 日庄信正致张爱玲）"唐文标又出了《张爱玲资料大全集》，再版了《张爱玲研究》（杂碎）真令人浩叹——同时又极高兴读到您的旧作。他日前来美国，叫人转送我一本近著——寡廉多产——《中国古代戏剧史》（有人说是抄的）我仍然不予置理。"（1984 年 9 月 5 日庄信正致张爱玲）

2005 年，张爱玲去世十周年，唐文标去世二十周年，台湾作家季季写了《唐文标的张爱玲》，其中道出了唐文标因《大全集》猝亡的经过："据说张爱玲在美国看到书后很生气，认为侵犯她的著作权，委请皇冠代为处理。后来时报出版遵照余纪忠先生之命，停止发行。次年 6 月初，时报出版总经理柯元馨（高信疆夫人）打电话给当时住在台中的唐文标，说仓库还有 400 本书，'你如果要，我就雇一辆小发财车给你送去；如果不要，就准备销毁'。老唐岂能容忍他的'张爱玲'被销毁，自是满口要要要。6 月 9 日，柯元馨请发财车送那 400 本书去台中，司机把书搬到老唐家楼下门口就走了。他太太邱守榕去彰化师大上课，老唐一个人搬上楼。患鼻咽癌多年，老唐不改唐吉坷德精神，一趟又一趟地搬搬搬。照过'钻六十'的鼻咽癌伤口，承受不住重力压挤，竟而出血不止。10 日凌晨三点半，老唐在台中荣总去世了。一位台

北文艺界朋友听闻消息后痛哭失声，频频叹息，最后骂道，
'唉，唐文标，爱死了张爱玲！'爱张爱玲爱到赔掉一条命，
现代文学史上也仅老唐一人啊。"

真的，唐文标配得上《色，戒》里王佳芝那句："这个人
是真爱我的。"

2018 年 1 月 8 日

此时语笑得人意，此时歌舞动人情

——拟爱玲兰成之情书

张爱玲（1920—1995）与胡兰成（1906—1981），两人都活了七十五岁。

有人如此比喻："在胡兰成大理论的巨额大钞上，我们可以瞧见张爱玲花枝春满的水印显相。"

有人如此评论："都说张爱玲才气高，其实胡兰成的才气更高。"

有人愤愤不平："他未必是她心口的一颗朱砂痣，但一定是别人眼里的一抹蚊子血。"

张爱玲、胡兰成皆为文章高手，一时无两，从相识相知到情断意绝，用不着鸿往雁来这一套劳什子。爱玲兰成，恩怨情仇，均有文字存世，不是情书胜似情书，没有思念却处处思念。

我突生一念，何不用张胡两人自己的话语，来代拟一段情书，同时也算我对张胡之恋的一种怀思，好像也没有什么不可以。

第一幕　1944年2月，张爱玲在上海，胡兰成在南京

胡兰成："前时我在南京无事，书报杂志亦不大看，这一天却有个冯和仪寄了《天地》月刊来，我觉得和仪的名字好，就在院子里草地上搬过一把藤椅，躺着晒太阳看书。先看发刊词，原来冯和仪又叫苏青，女娘笔下这样大方利落，倒是难为她。翻到一篇《封锁》，笔者张爱玲，我才看到一二节，不觉身体坐直起来，细细地把它读完一遍又读一遍。见了胡金人，我叫他亦看，他看完了赞好，我仍于心不足。"

胡兰成最初是被张爱玲的文采所吸引。"于心不足"，留下了伏笔。

胡兰成："我去信问苏青，这张爱玲果是何人？她回信只答是女子。我只觉世上但凡有一句话、一件事，是关于张爱玲的，便皆成为好。及《天地》第二期寄到，又有张爱玲的一篇文章，这就是真的了。这期而且登有她的照片。见了

好人或好事，会将信将疑，似乎一回又一回证明其果然是这样的，所以我一回又一回傻里傻气的高兴，却不问问与我何干。"

金雄白（1904—1985）形容张爱玲"柔不经风，貌仅中姿"。于此可见，胡兰成这个已婚男人看中张爱玲不是冲容貌去的，许子东教授总结过胡兰成的"胡四招"——"第一招甜言美语。第二招就是婚姻，一上来就说结婚。第三招是什么呢？花女人钱。他一花女人钱，女人就很开心，觉得你不把她当外人了，完全是自己人呢。第四招，就是坦白情史。"

第一幕纯粹是胡兰成的单相思，张爱玲却浑然不觉。

第二幕　1944年春，胡兰成去上海会张爱玲

胡兰成："及我获释后去上海，一下火车即去寻苏青。苏青很高兴，从她的办公室陪我上街去吃蛋炒饭，随后到她的寓所。我问起张爱玲，她说张爱玲不见人的。"

苏青的泼凉水，并未打消胡兰成的决心。

胡兰成："我问她要张爱玲的地址，她亦迟疑了一会儿才写给我，是静安寺路赫德路口一九二号公寓六楼六五室。"

在这个名人故居统统屈服于铲土机的时代，张爱玲的六

楼六五室却安然无恙，仿佛是上天的眷顾。

胡兰成："翌日去看张爱玲，果然不见，只从门洞里递进去一张字条，因我不带名片。"

这张字条，可视为第一等的情书，若保存至今，亦是第一等的文物。我代拟一下这张决定性的字条——"张爱玲小姐，我是胡兰成，慕名而来，你不见人，我想见你。我住美丽园，电话是666888。"

张爱玲没有让胡兰成苦等。"又隔一日，午饭后张爱玲却来了电话，说来看我。我在上海的家是大西路美丽园，离她那里不远，她果然随即到来了。"

只凭一张字条，高傲的张爱玲便肯屈尊来见胡兰成？也许她早已风闻胡兰成的才华。另外还有一种可能，张爱玲与姑姑同住，她不想让姑姑多虑。

第三幕　张胡美丽园初面，一见倾心

胡兰成："我一见张爱玲的人，只觉与我所想的全不对。她进来客厅里，似乎她的人太大，坐在那里，又幼稚可怜相，待说她是个女学生，又连女学生的成熟亦没有。……张爱玲的顶天立地，世界都要起六种震动，是我的客厅今天变得不合适了。"

瞧，胡兰成的嘴有多甜。其实，他只读过《封锁》，张爱玲早在少女时代，就写过自己的"不见人"——"在没有人与人交接的场合，我充满了生活的欢悦。"这条人生准则，张爱玲贯彻始终。

胡兰成："我竟要和爱玲斗，向她批评今时流行作品，又说她的文章好在哪里，还讲我在南京的事情，因为在她面前，我才如此分明地有了我自己。"

开始称呼"爱玲"了，胡兰成讨女人喜欢确实名不虚传。

"我而且问她每月写稿的收入，听她很老实地回答。初次见面，人家又是小姐，问到这些是失礼的。"明知故犯，这是胡兰成老于世故的一面，才华固然重要，金钱更是重中之重。

"张爱玲亦会孜孜地只管听我说，在客厅里一坐五小时，她也一般的糊涂可笑。"五个小时，要说多少话呀，张爱玲居然不烦，她对胡兰成有好感，可能在想"就是他啦"！

"后来我送她到弄堂口，两人并肩走，我说：'你的身材这样高，这怎么可以？'只这一声就把两人说得这样近，张爱玲很诧异，几乎要起反感了，但是真得非常好。"

情书，总是男的一方主动，只见胡兰成夸夸其谈，张爱玲只是默许。

胡兰成："第二天我去看张爱玲，她房里竟是华贵到使我不安，那陈设与家具原简单，亦不见得很值钱，但竟是无价的，一种现代的新鲜明亮断乎是带刺激性的。

"张爱玲今天穿宝蓝绸祆裤，戴了嫩黄边框的眼镜，越显得脸儿像月亮。三国时东吴最繁华，刘备到孙夫人房里竟然胆怯，张爱玲房间里亦像这样有兵气。

"我在她房里亦一坐就坐得很久，只管讲理论，一时又讲我的生平，而张爱玲亦只管会听。"

张爱玲在送给胡兰成的照片背面写了一句话，作为名句，传诵至今——"见了他，她变得很低很低，低到尘埃里，但她心里是欢喜的，从尘埃里开出花来。"

第四幕　胡兰成张爱玲签订终身

张爱玲："你说没有离愁，我想我也是的，可是上回你去南京，我竟要感伤了。"

胡兰成："我为顾到日后时局变动不致连累她，没有举行仪式，只写婚书为定，文曰'胡兰成张爱玲签订终身，结为夫妇，愿使岁月静好，现世安稳'。"

前两句是张爱玲写的，后两句是胡兰成写的，证婚人是张爱玲闺蜜炎樱。

自此，男的废了耕，女的废了织，张胡开始短暂的文学蜜月。

张爱玲："现代的东西纵有千般不是，它到底是我们的，于我们亲。

"他一人坐在沙发上，房里有金粉金沙深埋的宁静，外面风雨琳琅，漫山遍野都是今天。"

胡兰成："有朝一日，夫妻亦要大限来时各自飞。我必定逃得过，唯头两年里要改姓换名，将来与你虽隔了银河亦必定我得见。"

第五幕　爱玲千里寻兰成

果如胡兰成所料，两年之后他化名张嘉仪潜往温州。这一年春，爱玲千里寻兰成，一路之上，辛苦万状。

张爱玲："觉得凄凄惶惶，把嘴合在枕头上，问'拉尼（兰成），你就在不远么？我是不是离你近了些呢，拉尼'？'我又抬起头来细看电灯下的小房间——这地方是他也到过的么？能不能在空气里体会到呢？但是——光是这样的黯淡！'"

张爱玲找到了胡兰成，不枉一路千辛万苦。可是胡兰成劈头一句粗声粗气:"你来做什么?还不快回去!"我们只往好处想胡兰成,他是怕连累张爱玲。

张爱玲:"你到底是不肯。我想过,我倘使不得不离开你,亦不致寻短见,亦不能再爱别人,我将只是萎谢了。"

胡兰成送张爱玲回上海,数天后胡兰成接到张爱玲的信:"那天船将开时,你回岸上去了,我一人雨中撑伞在船舷,对着滔滔黄浪,伫立涕泣久之。"

从此,天各一方,今生今世,永不相见。

2017 年 3 月 15 日

与石挥在老刊物里零距离

本文原先起的题目是《邂逅石挥首发刊》，担心读者不明白"首发刊"的意思，所以用了现在这个。石挥（1915—1957）以演戏、演电影而闻名天下，写作只是业余爱好，虽然石挥的文笔一点儿也不逊色于名作家，可是"首发刊"这词用在石挥身上好像只有我一个人明白是怎么回事。就算是名满天下的张爱玲，我跟记者或编辑说起我的独门收藏——"张爱玲作品首发刊"，他们也一脸茫然，颇费我一番口舌。作家的作品第一次发表的刊物，就叫"首发刊"，也叫"初发刊"。张爱玲的《沉香屑·第一炉香》最初发表于1943年的《紫罗兰》杂志第二期，这期《紫罗兰》就成为"首发刊"了。张爱玲的《色，戒》发表在《皇冠》杂志，当期《皇冠》即为"首发刊"。鲁迅的《狂人日记》最先刊载在1918年5月的《新青年》杂志，本期《新青年》即"首发刊"。阿城的名作《棋王》1984 年发表于《上海文学》，那么这期《上海文学》便成为具有收藏价值的"首发刊"。首发刊与初版本一样作为现代文学研究的文本，理应得到重视。关于张爱玲作品的首发刊，我是刻意搜集，从《天才梦》到《金锁记》再到《色，戒》，见者必收。对于石挥首发刊，我本无心收集，谁知随随便便竟也琳琅满目，不妨叙述一番。

黄宗江于《忆石挥与蓝马》里记录了石挥的一段惊人之语：

> 我这个人一向有些坦白癖。头一晚，我们坐在各自的小铁床上，必然促膝，我就开始坦白了："石挥啊！说实话，我原本不想跟你一块住，你这个人哪，太、太冷……"
>
> 我当然期待着某种热流，却得到了更冷的回答："我刚到上海时，一个好朋友告诉我：'人——人都是王八蛋！'"
>
> 我不禁哑然、愕然。我当时也有一套书本与教养所形成的正相反的哲理，什么"上帝啊，宽恕你的儿女吧"之类的，或者"人——都是好人"论。我憋了半天，憋出一句："人——总有好人吧！"

石挥慢腾腾地说道:"那也要先把他看成王八蛋……也许最后能发现个把好人……"稍顿,又说:"你也是王八蛋,我也是王八蛋!"他在吉他上轻拨了几下:"嘣嘣嘣嘣!"

这就是我俩住同屋第一晚交心的有似话剧的对话。

石挥的"王八蛋论"事出有因,他是被朋友出卖而避祸到上海滩的——"十年前,日本兵的大炮打跑了宋哲元,于是北平沦陷,我成了'亡国奴'。九年前,我做'亡国奴'已经一年了,由朝鲜来了一个剧团,名字是'朝鲜半岛高协剧团',一群前辈亡国老奴,在东北演了五六个戏,那时候我也在北平演戏,看了他们整个演出,使我吃惊,让我钦佩,当时限于环境不能把我所看到的写给人们知道,也就因为跟他们太接近了,被另一个亡国奴报告给了日本兵,我才跑到了上海,然而这个演出的印象却一直存留在我的记忆里。"(石挥《记:朝鲜半岛高协剧团》,载 1947 年 6 月《大家》第三期)

当然,为了石挥的首发刊,我珍藏着《大家》杂志,就是前面我所写小文《〈大家〉与张爱玲友善》的那个《大家》。说起来与张爱玲友善的还有一本叫《杂志》的杂志,《杂志》对石挥亦极其友善,下面会谈到。张爱玲对于石挥的文采明显有好感，她在《杂志》（1944年8月号）"我们该写什么？"笔谈中，写道："有几个人能够像高尔基、像石挥那样到处流浪，哪一行都混过？"显然，这个时候《杂志》上发表石挥的《慕容天锡七十天记》《演员创造的限度》《秋海棠演出手记之一、之二》《不是论战：谈 AB 制之再检讨》《一个演员的手册》（翻译），尤其是自传体《天涯海角篇》，张爱玲都过目了。在好几期《杂志》的版面上，张爱玲与石挥是"上下楼"。论名气，1942年即被誉为"话剧皇帝"的石挥是超过张爱玲的，而张爱玲的名作《传奇》那时才刚刚面世。

石挥文集《天涯海角篇》1946年3月由春秋出版社出版单行本，我也有购藏，那张封面设计很像电影海报，这种风格今已失传。

说起电影海报，我想起电影刊物里的石挥，那里才是石挥的舞台呀。民国影刊算得上是我的另一项独门收藏，依仗着这些影刊，我才有底气写作《梦影集——我的电影记忆》。石挥曾经追求过周璇，1947年12月《电影画报》里有一篇纪实《星光灿烂·大批艺人秋季旅行到无锡》，其中透露了这段恋情："十一月七日，星期日，'文华'主人吴性栽提议到无锡去游太湖风景区……全体集中车厢后，火车座双乘对坐，计开：石挥、周璇、童芷苓、曹慧麟、韦伟、黎明晖、唐大郎、龚之方……张伐向石挥敬烟，石挥说不抽，张伐说没有周璇的时候为什么要抽？今天凭什么假惺惺起来？石挥窘不能言，这种陷入爱河中人的精神虐待，另有一番滋味在心头……午膳用罢，傍埠头起岸，散步线各自向山岭分开，石挥、周璇、丁聪一组徘徊密荫中，丁聪见机，于折转处先溜，周璇高跟鞋寸步难行，石挥扶掖而下，据偷看朋友言，样子十分亲密……周璇、石挥跳上人力车往车站进发，大伙儿安步当车踱到车站，周璇、石挥还没有到，他们大概是买东西去了。"

石挥与周璇未能实现"有情人终成眷属"，却在十年后的1957年，相互约定似的一同永别人世间，石挥年仅四十二岁，周璇年仅三十七岁。

如果按照李镇先生所编《石挥年谱》，石挥的处女作应该算是1939年7月1日发表于《立言画刊》第四十期的《一部演员的话》。其实这短短的五十四个字的话真算不了"作品"，只不过是对于陈绵编导的话剧《茶花女》的几句感想，石挥于剧中饰演"杜作直"这个角色，石挥说："上帝给予人类以爱的启示，但永远不给予人类以爱的满足，杜作直对高洁茵的要求是个不人道的要求。我最同情杜艾民在爱情上的嫉妒。"我保存有《立言画刊》这一期，所以私心希望这算是石挥的处女作，邻页的《茶花女》演剧人员合影，石挥在焉。

《立言画刊》于京津地区影响巨大，算得上第一号畅销的艺术杂志了。

自此，石挥便平趟北京的刊物了，《艺术与生活》、《中国公论》、《369画报》、《华光》（王世襄早年的文章多在此刊发表）和《沙漠画报》都不在话下。我最诧异的是《中国文艺》居然也登石挥的文章，如《话剧演员怎样创作角色？》《为什么在现社会下演〈日出〉？》，这刊物是知堂老人那一帮老派人物的地盘呀。

载有石挥文章的民国时期小报我收集不多，却无意中成就了一项更有意义的发现。2010年11月某个冬夜，我忽然从自存的一沓《亦报》里翻出张爱玲的佚文《年画风格的〈太平春〉》。以后数天，国内研究张爱玲的顶级专家陈子善教授、止庵先生频频与我往返热线，连祝贺带证实。张爱玲的热度仅次于鲁迅，因此张爱玲佚文的发现是一件很大的事情，如此重大之发现竟然出自一介平民之手，正如陈子善所说："真不枉费你二十几年持之以恒对张爱玲的痴迷！"止庵则马上调出老电影《太平春》来看，并告诉我："这电影里还有石挥呢。"

2017年12月1日

"天才艺人石挥"

今年适逢石挥自沉雾海六十周年，作为石挥的影迷，我能够读到三大卷《石挥谈艺录》真是件亦喜亦悲的事情，喜悦的是读者和观众没有忘记石挥，悲伤的是石挥离开他挚爱的艺术和亲爱的观众已然六十年之久。在《石挥谈艺录》中，我偏爱《雾海夜航》这一卷，主编李镇先生花费了很多工夫，搜集到如此之多石挥演艺生涯的文献，使我这个石挥粉丝大饱眼福。用石挥的话来讲："因爱此书，而有是举焉。"

石挥最响亮的头衔是观众颁赏的，即"话剧皇帝"，另一个小头衔是记者称呼他的"天才艺人石挥"。我认为"话剧皇帝"有局限，好像石挥离了话剧就做不成皇帝了。记者的概括才准确，尽管石挥瞧不上"艺人"行当，认为"不幸的是自己老大无成，做了石姓的叛徒，下海卖艺辱没了世传的门庭"。可是天才的艺人，另当别论，天底下毕竟没有几个。

石挥作为演员是超一流的，如果石挥改行当作家也必将是一流的。中国演员里文笔好的还有一位黄宗英。石挥与黄宗英是同一代的影剧明星，石挥却英年早逝，年仅四十二岁，实为中国电影史上一大悲剧。中国电影一百周年纪念（1905—2005年）之际，我写了本《梦影集——我的电影记忆》，里面写到了我最崇敬的演员石挥。又过了两年，我提供全份《电影杂志》（1947—1949年，总出三十八期）作为底本出版了影印本，《电影杂志》里的《影人采访记》栏目，有对石挥的采访，给我们留下了舞台外生活中的石挥照片，弥足珍贵。

我可能比别人更早地欣赏到石挥的文字之美，那是一本出版于20世纪40年代的杂志，它的名字就叫《杂志》，里面有石挥的很多文章及照片。当时最流行的小说是秦瘦鸥的《秋海棠》，改编成话剧后，石挥出演主角，技惊四座，从此荣获"话剧皇帝"之美誉。石挥在《杂志》上连载《〈秋海棠〉演出手记》，经常夹杂俚语，显现语言的活泼，如"排《秋海棠》的最起始的感觉是'小孩子放大火有点儿找死'"。此中"最起始"也是北方的口语，暗示石挥的母语是"京片子"。

于《杂志》连载七期的《一个演员的手册》，是石挥的译著，石挥外语也如此了得？（导演黄佐临称"他让我介绍个英文教师，硬是从基本句法学起，译出了几篇文章"。）请看石挥在"译序"里是怎么说的："这本书是一个舞台垦殖者的手记，同时也是在演技这方面比较实际的读本，它有益于我们做演员的地方也更直接。在欧洲这是一本难得的好书，1934年初版，1935年再版，1937年三版，行销甚广，蒙黄佐临先生相赠，捧读已将一载，在演剧者食粮荒的今天，这是值得珍惜的一本书，今以拙笨之笔硬译出来，期待指示者正多，因爱此书，而有是举焉。"请原谅我联想到如今的所谓"小鲜肉"演员，石挥的颜值也许比不上你们，可是石挥的才华甩你们一百条街。

《天涯海角篇》是石挥自传体散文，也是于《杂志》连载，连载七期。石挥大红大紫之后，他的自传理所当然成为抢手货，大多数观众属于"吃了鸡蛋还要看生蛋的老母鸡"那类读者，这也是人之常情。我很清楚是《杂志》捧红了张爱玲，与张爱玲不同的是，石挥不必靠写作吃饭，也不必靠《杂志》来捧场，只不过石挥的才华太横溢了，写作对他而言也许比演戏来得更容易。我似乎窥到了石挥写作时的愉悦，那些词句不是憋出来的，而是哗哗地流淌，多么像舞台上石挥念叨的台词，形神并茂，顾盼生姿。

连载之后，《天涯海角篇》于两年后出了单行本，封面设计很像一幅电影海报，我喜欢，当然也早早地淘到手了。

除了《杂志》，关于石挥散文随笔的原发刊，我也收集了不少，当然都是 20 世纪三四十年代所出刊物，正因为自己存有原书、原刊，才能更深刻体会本书主编李镇及其团队的良苦用心。那些刊物如《沙漠画报》《中国文艺》《万象》《中华周报》《新世纪》《立言画刊》《青青电影》《369 画报》《永安月刊》《国民杂志》《幸福世界》《艺术与生活》《文章》《中国公论》《华光》，等等，今天的年轻一代恐怕连名字都没听说过，这么多的刊物抢着约石挥的稿子，可见石挥的文字广受欢迎的程度。二十几年前，我找到了燕京大学 20 世纪 30 年代所出校刊《华光》杂志，上面有多篇文物大家王世襄的散文，我遂即写成小文发表，后来接到王世襄先生的电话，他惊诧于我怎么会保留有《华光》杂志。杂志乃历史的旁证，还原历史现场，离不开这些"断烂朝报"。

我如此急迫地非要赶在第一时间读到《石挥谈艺录》，因为里面的《古城探母回令记》以前未曾读过，"古城"北京又是我最感兴趣的题目，当然要先睹为快了。石挥此篇长文连载于上海的小报《海报》，连载了四十一天。内容是时隔五年（1940—1945 年），石挥重回北京探望母亲的一系列感怀和纪事。石挥的文采于此篇发扬到了极致，积蓄已久的思母之情、思友之情、思乡之情，喷涌而出，势无可遏，读之令人神往。石挥的文字圆润精熟，浑然天成，不卖弄，不做作，就算是最挑剔的编辑，面对石挥，亦无法删掉一字，亦无法增加一字，只能跪拜吧，一笑。

此篇有一处语言颇似王朔风格——"吃了一肚子的东西，半路上因乘客过挤无法挪动身体，以至不能上厕走动，三天两夜未能便个大小，诚非我辈凡人所能忍受。"

我甚至认为，石挥笔下的老北京比之老舍先生，少了市侩的油滑，多了古都的森严。石挥即兴而来的半诗半歌，也是老舍作品中见不到的。比如："这正是五年远离又相逢，今日依旧此屋中，跪叩老娘安泰否。窗外桃花月正红。"又如："天下本无有恋爱，除非你是在发疯，偶尔遇到了知己，且莫轻易来放松，故人皆如愿以偿，我自扬鞭赶路程。"

如果有人想读未经污染的京腔京韵的散文，那就去读石挥吧。

2017 年 7 月 18 日

字小如蚁的《新民声半月刊》

　　听说科举时代，考生作弊的工具叫"夹带"（这两字可作名词也可作动词），字写得极小，我一直怀疑这么小的字在做贼似的作弊时能看得清楚吗，考生要是个近视眼可咋办？为此我特地搜索了"夹带"，顺便学习了前人作弊的相关知识和技巧。

　　科举考场作弊自古有之，最常见的作弊方法有三种，一是贿赂主考官；二是夹带考试经文进考场；三是请人冒名代考。朝廷为了防止考生携带作弊之物，规定衣褂、袍裤乃至帽子、袜子都必须是单层的。道高一尺，魔高一丈，于是如火柴盒大小的《五经全注》之类的微型书应运而生，它小到可以藏在靴子底、袖子里、砚台底下携带进考场。

　　这种作弊专用的微刻本，见于清朝中后期，应该算是古籍中字体最小、版面密度最高的私刻本。书以黄褐色纸为封面，内文为宣纸印刷，墨色精纯，校勘精当，印刷精细，如果它不是用来干坏事的，倒称得上是一件精美的艺术品。

抄写夹带需要一些专门的工具，一般的毛笔是无法胜任的。抄写者喜欢用老鼠尾巴上的硬毛做成的毛笔，因为老鼠毛比较硬，弹性也比羊毛或兔毛好，可以写很细小的字。令人啼笑皆非的是，如今古玩市场上科举夹带的价格年年见涨，已演化成高级收藏品了。吾友胡桂林称："曾见到夹带作弊用的坎肩，内外密密麻麻抄满了四书五经，叹为观止。"我犯疑：旁边没有监考官吗？

我今天是来介绍1944年北平出版的《新民声半月刊》（以下略去"半月刊"），而非闲扯什么科举年代的"夹带"，只不过《新民声》害人眼目的字小如蚁，使我联想起了历朝历代各显其能的作弊工具，它们的共通之处就是"容字率"超强。换算成今天的"字号"，《新民声》所用相当于"七号字"吧。《新民声》的一页排满的话，可容纳三千六百字，今天同样开本的杂志排上千余字就满满当当了。考虑到当年北平的物资状况，《新民声》的字小如蚁乃迫不得已之举。还有一种考虑，《新民声》是否如同《新民半月刊》《华文大阪每日》一样采用的日本铅字，这就不是本文考索的范围了。

《新民声》的前身是声名显赫的《新民报半月刊》（以

下略去"半月刊")。1939 年 6 月 1 日，综合性刊物《新民报》创刊，内容包括政论、文艺、游艺、生活常识等，参与编辑的有耿小等人。该刊出到 1943 年 12 月，总共出了一百一十四期，诚为北平官方出版刊物之长命者。1942 年 12 月 8 日，"新民青少年团"结团式在北平东单练兵场举行，周作人身着戎服出席仪式，多年后黄裳问起这张照片，周作人答以"演戏两年，那些都是丑角的姿态"，这张照片即刊登于《新民报》。

《新民报》停刊，《新民声》继起，除了封面及刊名与前者不同外，版面几乎未作改易。我之所以敢来介绍《新民声》而不敢为《新民报》作介绍，是因为后者我只收存二十余期，不能以偏概全做没有把握的事情。多年前，我曾有机会一举擒获《新民报》全帙，可惜一念之差（自己定的买书原则，不买定价超过 10000 块钱的书或杂志），与它失之交臂。隆福寺旧书店给《新民报》定价 12000 元，我跟经理讲价，给我打八折，降到 9600 元我就买，经理说只能按九折 10800 元卖给你，还因为你是熟客给予优惠。就这样锱铢必较 1200 块，成为我淘书生涯十来桩糗事之一。2013 年，隆福寺街这最后一家旧书店因街道改建而拆迁，据称三年后回来，我看恐怕是一去不返。

说来很巧，那天我在为《新民报》讨价还价的前十几分钟，刚刚从这位经理手里买了两种杂志，一种是《新东方》，另一种是《新光杂志》，好笑吧，都是"新"字辈的。经理跟我讲，这拨民国杂志原属北平中法大学藏书，他们才收购来没几天，陆续上架卖掉了几种，我赶紧问卖掉的是什么杂志，经理也没说出个所以然。过了好几个月，我从一位相熟的白姓书贩那里打听到卖掉的那几种是他买走的，有《天地》，还有就是《新民声》。又过了好几个月，我听一位朋友讲他从白姓书贩那里买了《天地》和《新民声》。

　　生活还要继续，太阳照常升起。不知过了多久，我和这位朋友进行了一次双赢的"以书易刊"，他喜欢新文学旧版书，我的主题是沦陷时期北平刊物，一拍即合，就这样《新民声》从我眼皮底下溜走，转了一小圈又回到我手里，所谓人与书之间的缘分，信则灵，不信亦灵。

　　回到我手里的《新民声》，竟然还是全份的十四期合订在一块儿，虽然它只存活了半年（1944 年 1 月至 7 月），但毕竟在中国文化期刊史留有属于自己的名姓。《新民声》停掉之后，它的继承者是报纸型的《新民声·三日刊》，《三日刊》坚持到抗战结束而结束。说起《新民声》刊史，还有一个有意思的细节差点儿忘提了，《新民半月刊》的停刊与《新民声》的诞生均跟新民报社与新北京报社的合并有关，两社重组为新民声社，于是弃旧名换新名。

这么叙述很可能把人绕糊涂了，所以还得多交代几句。《新民报》（1938年1月至1944年5月）和《新北京报》（1938年6月复刊至1944年6月）是当时畅销北平的报纸，后者不容易被混淆为杂志，而前者却很容易与《新民声半月刊》混为一码事。这两种报纸寒舍均有收藏，故略知一二。《新民报》乃新民会机关报，新民会的幕后黑手是日本华北驻屯军报道部。《新北京报》前身为沦陷前已深得读者喜欢的《新北平报》，该报具民营性质（凌抚元、凌昌元父子先后任社长），古城老百姓爱读它，每日最高发行14000份。在我的小报专题中，《新北平报》与《新北京报》是收藏大头（2000余份）。关于"七七事变"，《新北平报》七号和八号的头条均无报道，九号的头条才有报道。后人对历史多有误读，总是想当然地以为北平"七七"一大早儿即满城风雨了。

周作人与沈启无之间的"破门事件"，到底因何而起，说法不一，但有一点无可置疑，那就是沈启无化名"童陀"于《文笔》周报发表《杂志新编》暗讽周作人，是导致周作人大怒而"破门声明"的关键所在。至为可惜的是《文笔》周报谁也没有见过，公立图书馆也无一家存藏，致使研究者怀疑当年是否有这么一本《文笔》。偏偏《新民声》发表了柳西夷的短文《和〈文笔〉的初面》，从而证实《文笔》周报实实在在来到过世间，只不过它太小、太薄，说不定夹在哪本厚书里等着某一天被"发现"。柳西夷写道："创刊号有这样的文章，童陀的《杂志新编》和袁之的《请文艺者庄严起来》（下略），另外还有文笔通信等。"就在柳西夷文章的背面"文化简讯"里，还有一则报道说明《文笔》周报很大可能只出了一期："文笔社出版之《文笔》周报，第一期于2月初出版后，因故第二期暂缓出版。"

字小如蚁的《新民声》对于影剧明星的报道却舍得给大照片，此举正合我意。我喜欢的老演员李景波（1913—1981）、言慧珠（1919—1966），有剧照也有生活照，无端地联想起张爱玲的话："我没赶上看见他们，所以跟他们的关系仅只是属于彼此，一种沉默的、无条件的支持，看似无用、无效，却是我最需要的。"

2017年7月12日

慈寿寺玲珑塔之前世今生

历史上慈寿寺与玲珑塔是一个整体，最初之时，"寺不离塔，塔不离寺"。几百年以来的风霜雨雪，一般而言，寺的寿命是耗不过塔的，如今的人们只知道玲珑塔而对慈寿寺浑然不知，最为可惜的是慈寿寺没有留下正面的图像，慈寿寺命中注定只有前世而无今生。我没有历史癖亦乏考据癖，只是机缘凑泊，仙人指路，居然住到玲珑塔边上来了，不由产生了一点儿历史好奇心。

只缘家在玲珑塔畔

离我的现住地海淀区西八里庄一箭之遥有座高五十几米的塔，这座塔有好几个名字，按历史沿革来讲，塔名顺序应该是永安万寿塔、慈寿寺塔、玲珑塔或者西八里庄塔（简称八里庄塔）。为什么叫"八里庄"呢？因为村子距阜成门八里路。可为什么又要加个"西"呢？因为朝阳区也有个八里庄，距朝阳门八里路，在北京城的东边，称东八里庄。作为皇城的建筑，天方地圆，讲究对称，所以这北京城西边的八里庄也叫"西八里庄"。

说起来，现在最顺嘴的还是"玲珑塔"，这是当地老百姓的称呼。相传西河大鼓里有个段子《玲珑塔》，开头唱道："高高山上一老僧，身穿衲头几千层。若问老僧年高迈？曾记得黄河九澄清。五百年前，清一澄，总共是四千五百冬。老僧收了八个徒弟，八个弟子都有法名。"中间一段唱词带出了玲珑塔："玲珑塔，塔玲珑，玲珑宝塔第一层。一张高桌四条腿，一个和尚一本经，一个铙钹一口磬，一个木鱼一盏灯。一个金铃，整四两，风儿一刮响哗愣。"西河大鼓唱的玲珑塔和我要说的玲珑塔有多大关系，我是不知道的，我只知道玲珑塔的近旁有条巷子叫玲珑巷，1953年时此巷只有"1—3"个门牌号码，可是每个门牌号里有好几排房子呢，据说是什么单位的宿舍。玲珑巷现已拆除，前几年北面修成了大马路，名字叫"玲珑路"。

因为玲珑塔地处西八里庄，所以"西八里庄塔"或"八里庄塔"指的也是它。其实，玲珑塔最早、最正统的名称是

"永安万寿塔"，说起这个塔名，又要扯到很远很远的明朝历史了。话说明武宗正德年间，有位权倾朝野的宦官谷大用，史书里记载了谷大用的下场："世宗即位，大用以迎立之功获赐金币。给事中阎闳极力弹劾他，不久他被降为奉御，住在南京。后来，被召去守康陵。嘉靖十年（1531年）将他抄家。"谷大用生前给自己谋了块墓地，这块墓地正是玲珑塔的位置，谷大用葬在何处不得而知，被朝廷抄了家也许就由不得谷大用想葬哪就葬哪了。插一句闲话，八里庄周边过去是太监最后的归宿（坟地）密集之地，最著名的大太监李莲英死后就葬在近旁的恩济庄。李莲英墓与玲珑塔一西一东，相距不过五六百米，而且几乎同处于一条水平线上。我不迷信也不在乎啥吉利不吉利，我的居室恰巧也处于这条水平线上，反而有点儿与荣有焉之感。

玲珑塔占用了宦官谷大用的墓地，那么是哪个大人物占用的呢？这个大人物来头太大了，她就是万历皇帝的生母——李太后（1546—1614，尊号慈圣皇太后）。史载李太后"顾好佛，京师内外多置梵刹，动费钜万，帝亦助施无算"。玲珑塔便是遵照李太后懿旨的产物。说到这里，我要特别强调一点史实（一般而言，"有寺必有塔，有塔必有寺"），李太后不是孤零零地只造了一座塔，而是建造了一座规模宏大的寺院，玲珑塔乃其中一分子。万历六年（1578年），寺塔竣工，李太后赐名慈寿寺，塔名"永安万寿塔"。李太后营建慈寿寺的目的，一是为了给丈夫隆庆皇帝祈求冥祉，二是为儿子万历皇帝祈求子嗣，祝福长寿，当然也是为李太后自己求得心灵慰藉，于是便有了一段离奇的故事，以托梦为说辞，称自己乃九莲菩萨化身。下面办事的心领神会，九莲菩萨造像随之出现在李太后主张修建的寺庙里，慈寿寺有，长椿寺也有。

如今或许要问慈寿寺怎么不见啦？不忙，勿急，先往回扯上一笔，二十几年前迁居到玲珑塔畔的时候，我尚非自由之身，早九晚五，忙忙碌碌，无暇瞻仰只有一箭之遥的玲珑塔。几年后，赋闲于家，晚饭后我常常散步往玲珑塔。1994年，塔周遭围了墙、铺了路、植了树、挂了牌，成了公园。一开始居然还收两毛钱的门票，但我去的时候已经不收票了。公园很小，比一般的街心公园大不了多少，无山无水、无亭无阁，若无一塔孤耸，简直不配叫公园。与玲珑塔公园一墙之隔的南面是一条小路及一片破烂的民房，如山的垃圾堆在南墙下。塔东是一片豪华的别墅区，开发商当然不会放过这天赐美景，巨幅售楼广告牌上矗立着玲珑塔的身影，借景卖楼，棋高一着。有那么些年，古老的塔、华美的别墅、掩鼻而过的垃圾山，就这么时空交错着相安无事。与当地老住户聊天，他们原是村民，周边不是农田便是菜地，如今楼房林立，马路纵横，他们会指着一棵老树说这位置原来就是他家的院子，这片是他家的菜园，我听着多少有点儿"白头宫女在，闲坐说玄宗"的况味。可是问到玲珑塔，老住户便知之甚少了。也许我不是第一个探古访幽的古迹爱好者，曾在网络上读到一篇博客，博主称他一个一个数过玲珑塔上挂着的铃铛，还偶遇一位六十几岁的老者，这位老村民称他小时候顺着避雷针往上爬摘过铁铃。

打破砂锅问到底，终于有了回报，虽然不是我亲闻亲见，但也是很罕见的记载。我一直在搜罗慈寿寺玲珑塔的相关图书资料，《另一个世界——中国记忆1961—1962》（林西莉著，中华书局2016年9月出版）是其中重要的一本，它提供了玲珑塔"前世今生"里"今生"的鲜活图像。林西莉的瑞典名字为塞西丽娅·林德奎斯特，1961—1962年在北京学习汉语和古琴，这本摄影集便是林西莉以个人视角记录北京的景象、平民生活、风俗等。林西莉与专业摄影家及专业记者的取景大相径庭，简言之，林西莉更接地气。不然的话，她也程序化地拍一张玲珑塔的标准照，与我何干？玲珑塔不缺标准照，我见过数十张，追求的全是摄影美。

唯独林西莉不拍塔，她拍塔下的农村小孩子。她拍的两张照片，在书中是分开的，我却看出了端倪。前面一张中，塔基只露出一点点，不熟悉玲珑塔的人根本看不出画面里有个塔。照片的中心是六七个孩子，木然地望着洋镜头。请注意里面高个子的女孩，手里攥着个瓶子。隔了十几页，第二张照片中，还是这些孩子，他们全跑到塔基那边去玩了，攥瓶子的女孩这时把瓶子夹到胳膊肘里了，可见，林西莉是追着这群孩子抓拍的，也许她还拍过玲珑塔周遭的照片，可惜书中只收了这两张。也许我本可以在这里的原住户那里找一些老照片，也许里面会有玲珑塔的旧影，可是我跟他们没那么熟，一直没动这个念头，到底让洋人抢了先。20世纪60年代就算是城里人，照相机也是奢侈品，我想着农村人哪有闲情逸致拍什么塔，太超前了吧。五十几年前的这些孩子今天也不过六十来岁，也许仍居住于此，如果见到林西莉的照片，能不能认出自己呢？

　　有塔必有寺，有寺必有塔。"按照佛教的传统习惯，有塔就必须有寺。寺是看塔人的住处，一般称为塔院。因为塔建成后，必须有人看管。"（郑立新《有塔必有寺，"永安"本"白塔"》）

　　梁思成在《天宁寺塔建筑年代之鉴别问题》中提到了

慈寿寺塔，他为反驳"天宁寺塔建造于隋代"的观点而拿慈寿寺塔作论据——"北平八里庄慈寿寺塔，建于明万历四年（1576年），据说是仿照天宁寺塔建筑的，但是细查各部，则斗拱、檐椽、格楞、如意头、莲瓣、栏杆（望柱极密）、平坐、枭混、圭脚——由顶至踵，无一不是明清官式则例。"梁思成不忘调侃一下"隋代派"："喜欢写生者只要不以隋代古建，唐人作风目之，误会宣传此塔之古，则当仍是写生的极好题材。"

三〇七岁的慈寿寺盛极而终

再来说说慈寿寺的存亡。皇太后的御用工程，肯定也是皇家气派。我们看不到图像，就从历史文献里想象一番吧。来看看明朝大臣张居正（1525—1582）所拟《敕建慈寿寺碑文》的描述："外为山门天王殿，左右列钟鼓楼，内为永安寿塔，中为延寿殿，后为宁安阁，旁为伽蓝、祖师、大士、地藏四殿，缭以画廊百楹。禅堂，方丈有三所。又赐园一区，庄田三十余顷，食其众。以老僧觉淳主之，中官王臣等典领焉。"想来，这不是个豆腐渣工程，改朝换代，一百七十年后仍然完好如新，而且得到了乾隆皇帝的垂青。

乾隆十年（1745年），励宗万（1705—1759）奉乾隆帝之命，对北京的古迹做一次全面调查。励宗万乃康熙六十年（1721年）进士，他上奏给乾隆皇帝的报告里有慈寿寺："臣按，寺在阜成门外八里庄，明万历丙子，为慈圣皇太后建，赐名慈寿。敕大学士张居正撰碑。有塔十三级，又有宁安阁，阁后榜慈圣手书，后殿有九莲菩萨像。今查，寺共五层。山门金刚二，东西列钟鼓楼，次天王殿，殿后为塔，塔前角亭二，列韦驮、龙王像。塔后角亭二，观音碑一，鱼篮碑一，俱万历年建。殿供三世佛，旁列阿难、伽叶二尊，罗汉十八尊，俱铜像。殿前东西碑二，亦万历年建。其配殿二，东为壮缪，西为达摩。殿后为毗庐阁，阁上为毗庐佛，阁下为观音阁。前配殿东亦观音，西则地藏，东西画廊百间。由中仪门入，为弥陀殿；由东仪门入，为慈光阁，则九莲菩萨画像存焉；由西仪门入，则铜像观音阁也。"

乾隆十年距万历六年慈寿寺建成已逾一百六十年，根据上面两种文字材料的对比，可见慈寿寺完好无损地保留下来，山门、钟楼、殿、阁、塔等主要建筑具在，据此"图纸"，就算不是专业制图者也能大致草绘出慈寿寺的格局，并尽情想象本来的恢宏面貌。

旧诗云："不须远溯乾嘉盛，说着同光已惘然。"同治光绪两朝，国运渐衰，兆头多有，就在光绪年间，慈寿全寺焚毁。我想，会不会是惹怒了天火，将三百多年的慈寿寺烧个精光，片瓦不存。历史，你好狠心。也许还得感谢照相术的发明，今天我们还能见到仅存的两张洋人所摄慈寿寺一角。这两位洋人都是英国人，一位是托马斯·查尔德，另一位是乔治·莫理循。也许他们俩不只拍摄了这两张照片，也许其他的珍贵图片尚尘封在英伦某乡间阁楼的一个破皮箱里。天不佑我慈寿寺，如果那把万恶之火再晚烧个一二十年，照相术会更普及，那样留下的慈寿寺照片会更多。当然，最理想的莫过于重建慈寿寺，而不是仅仅做个复原模型摆在玲珑公园里。游人们路过模型（比例为1∶75）时，常常发出由衷的惊叹："当年它是那么壮观，那么富丽堂皇！"实际上，凡历经千百年的古迹，都有过大修或重建的先例。今天的重建，无疑是延续历史的血脉，重建之后数百年，不就成为古迹了吗，这是造福千秋万代的善事。

如今新建地铁从玲珑塔的北面穿地而过，站名即"慈寿寺站"。万历皇帝母子估计都想不到，几百年后此地会设置地铁站。同样的道理，几百年之后还会发生什么沧海桑田式的变化，我们今天也无法预料。历史的过程，令人战栗。

守护慈寿寺的古银杏

　　一百多年以来，玲珑塔不息的风吹铃响，仿佛在低吟一曲慈寿寺挽歌。也许苍天怜惜玲珑塔的孤独，好像有预感似的，早在建寺的同时就在山门的两旁各栽了一棵银杏。如今这两棵四百四十岁的古银杏，还在原来的哨位上。十年前，我写过一篇博客，记叙两棵古银杏，当时没有想到这是我与古银杏唯一的一次零距离接触。

　　晚上去东面的小店复印一整本旧书，三百多页，老板说得印一小时，小店里待不住，只好往东溜达，到了玲珑塔下，忽然想起对面不是有两棵古银杏吗，寻寻去。北京城外表光鲜亮丽，内瓤子真如美人的五脏下水一样不堪，杂乱的小胡同里，男人都光着膀子，喝着小酒，说着白天说不出口的话，仗义得很，昏暗中，真感觉不出身处北京。看前面黑洞洞的树影，刺向奇怪的夜空，准是它。

　　玲珑塔建后两百年美国才建国（1776年），搁美国玲珑塔该算"史前文明"了。塔旁原围有慈寿寺，寺废于清朝光绪年间，惟余孤塔鹤然耸立。玲珑塔的南面是一片非常杂乱破烂的民房，没想到阿南史代寻访古树的足迹也到了这里，她说两棵四百年的银杏就藏匿在这片民房里，而且还考证出这两棵银杏的位置就是慈寿寺当年的入口处。我到玲珑塔散步不知有几百回了，却从未注意到这两棵古树，看过阿南史代的照片以后，哪天我按图索骥地去看看这比古塔还古的古银杏。

今夜，我到了古银杏旁，低声骂着黄仁宇，《万历十五年》还不如这两棵古树，见鬼去吧，皇帝。据我目测，阿南史代没说错，树比寺年龄大，东边的一棵濒临咽气，滋生的小树倒是健壮，我知道银杏过了百年，根部就会滋生出小树，等于是太爷爷死了，重孙子绕膝。西边那棵枝繁叶茂，两树都盘踞在破烂民房旁，其状甚惨，但我没为之一哭。听说一千三百年前的一棵古银杏，市政府前天开始抢救，往树里施肥，这两棵慈寿寺银杏加起来还不够一千岁，经费有限，先救岁数大的吧。我眼下能做的，等天明了，拍个照。万历年间的银杏，你别介意。

博客里说的阿南史代是位日本女学者，在北京生活了十一年。阿南史代对北京的古树做了一番详尽的调查，并拍摄有图片。这些古树之中即有慈寿寺前的两棵与塔同龄的银杏。阿南史代写道：

> 看着京密运河边的十三层八里庄塔，你会以为自明代建塔以来它从未改变过，实情并非如此。此塔所在的

位置，曾是一座大型寺庙的后院。这座寺院是万历皇帝为慈圣皇太后祈寿而建。塔南那一片拥挤的住宅区，过去是宏伟的慈寿寺。了解了这些情况，你才能理解为什么在那些简陋的砖房子中间会有两棵四百年的雄伟银杏。这两棵树标识出了主殿的位置，而两树之间就是入口处。其中一颗银杏高三十米，树围六米，六月初枝头挂满绿色的白果。另一棵只有十五米高，一半枝干已经干枯死掉。民工们就从这样的幻景中走过，丝毫不会留意到它们亘久的历史。

慈圣皇太后曾在北京捐资修建了众多佛教圣地，这座辽代风格的宝塔就是其中之一。这座八角宝塔的表面覆盖着浅浮雕，其中包括两百个佛教人物。目光从宝塔缓缓移到大树身上，你可以想象寺庙当初的大小。塔前的一块石碑上刻有观音像，表明资助人是皇太后。据说，慈圣皇太后是九莲圣母的化身。塔的名字也与资助人不无关系——永安万寿塔。而真正"万寿"的却是寺里的这些银杏树！

如今，塔前的破烂民房已拆除，围绕在两棵古银杏周围的是新建的十几座别墅式楼房。我路过的时候，总是要望一望高处的玲珑塔，再瞥一眼远处一死一活的古银杏。估计下一次拆迁，怎么也得六十年之后吧，但愿银杏无恙，死了的那棵不要刨掉，作为历史古建的坐标永存。不只是民工，貌似有文化的我们一样对古迹的遗骸，漠不关心。玲珑巷拆迁，居民们大得实惠，又有周转房又有几百万的拆迁款，有人羡慕得不得了，我说你没有想过他们忍受了多少年的罪吗？

说过慈寿寺、玲珑塔、古银杏之后，还应该说说西八里庄曾经存在的城门。翻看旧书的时候知道当年从阜成门西行，经过玲珑塔之前要过一座城门。

很久以前，我无意中买到一本书，书里有一段日记，日记本不是什么新奇之物，可是记这个日记的是一位日本文官，这位文官1940年派驻北京，日记记的是在北京的日子里他的所见所闻，令我惊奇的是下面这则日记里关于玲珑塔的记载，日本文官称塔的东面还有个"八里庄城门"。

一九四二年八月二十七日（星期四）：

九点，应约于阜成门内集合，随身携带之物包括照相机及采访手册。同行者有多田、直江两位先生。

月坛如今已成为警官教练所，故不能随意进去参观。经出示名片后，始由一名警官带领我们至月坛，参观礼堂。

沿着北露泽园向北走，至上义学校内参观多名教士之墓,如利玛窦、汤若望、南怀仁、郎世宁。一行三人循着高粱茂密的田间小道至八里庄,在城门前的茶店吃午餐。这天在看过摩诃庵的壁画、三十六体篆书及慈寿寺塔之后,始搭上洋车返回西四牌楼。

日本文员日记里的地名今天依旧沿用。这条路线我很熟悉,西四—阜成门—月坛—北露园—车公庄—八里庄,每个地名都能唤起回忆的片段。当年的"田间小道"早已被笔直的马路所替代。

除了这位日本文官提到"八里庄城门",周肇祥(1880—1954)在《琉璃厂杂记》中也提到过:"出阜成门,望西山,烟霭中崔嵬摩空者,永安万寿塔也。悬心目二年矣。休沐,偕森玉骑驴访之。白堆子村以西多贵人豪家冢。……抵八里庄,有门状城堡。慈寿寺在道北,明万历丙子慈圣太后建,清乾隆二十二年敕修,今尽毁,惟照墙与塔存。"

我一直在寻找传说中的"八里庄城门"或"门状城堡",没想到在约翰·詹布鲁恩(1875—1949)的镜头里见到了物证,兴奋极了。这张名为"穿过八里庄寨门的小贩"的照片,摄于一百年前,尺寸为10.6厘米 × 8.1厘米,其"门洞远处是著名的慈寿寺塔",也从侧面验证了周肇祥所言"慈寿寺在道北"的城门位置。约翰·詹布鲁恩摄影集不乏宏大的历史记录，如"纪念武昌起义—周年袁世凯阅兵""袁世凯祭祀孔仪式"等，亲见过袁大总统的摄影家，忽然荡开一笔，镜头转向旧时代的废城孤塔，无意间却遂了我有图有真相的愿。

2017 年 10 月 30 日

不弃丛残话零刊

民国期刊见诸目录者约计两万种，就算是最具实力的公立图书馆亦无可能照单收全，个人之收集，沧海茫茫，不弃丛残乃最佳策略。寒舍所蓄旧刊成千累万，其中全份无缺者十之一二，散册零本占据大头。不要瞧不起孤零零的散本，"一滴水也能折射太阳的光辉"。下面要谈的这五本杂志，即含有折射的意思。

《文艺新潮》第二卷第一号

这本杂志的尺寸介乎 16 开与 32 开之间，我是非常喜欢的，可惜不能多得。《文艺新潮》此号出版于 1939 年 11 月 1 日，主编为锡金、林之材、宇文节，上海五洲书报社总经销。上海"孤岛"时期所出刊物，自成系列，别具意义，专家学者大有研究。凡事一碰"研究"二字，我马上望风而逃。我知道许多作家于"孤岛"时期写文章打笔仗喊口号，犹如冲锋在第一线的战士，一旦上海沦陷，失去了租界的庇护伞，他们就好像换了一个人。

《文艺新潮》不是那种怒目金刚的刊物，至少这一期不是。这一期是"特大号"，还是两个特辑合成的特大号：一辑是《鲁迅先生逝世三周年纪念》，另一辑是《语文特辑》。鲁迅纪念号常见，而以"语文"作专辑内容的极少见。"特大号"里纪念鲁迅的文章只有三篇，即许广平（景宋）的《鲁迅先生的写作生活》、毁堂的《风习的校正与改革——为纪念鲁迅先生逝世三周年而作》和周木斋的《展开研究》。倒是几篇高尔基文章的篇幅远远超过鲁迅，于此可知，时人称誉鲁迅为"中国的高尔基，反过来说明高尔基在中国无人可及的巨大影响"。

占据半壁江山的《语文特辑》实际也仅有四篇，其中丁福保的《历代古钱记略》，光看题目似乎不属于"语文"的范畴，但是钱币上不可或缺的文字细细考究起来大有"语文之味"焉。真正好玩的是《语文展览会预记》这篇报道，报道称"二十八年十一月三日，中国语文教育学会将在上海南京路大新公司举行语文展览会"。从未听说抽象的"语文"

也能办展览，也许我理解"语文"有误吧。报道接着称"会期预定十日，展览各品，都为名家秘笈，闻有胡朴安、丁福保、周越然、郑振铎、陈望道、卫聚贤、林康侯、陈鹤琴、马公愚、周今觉、陆高谊、张凤、金祖同、刘悔之等百余家有关语文的各项珍品陈列，并得中华基督教青年协会及徐家汇天主堂图书馆、哈同爱俪园的赞助，加入展览，内容更精彩充实"。

看到这里我恍然大悟，这里的"语文"与我习见的"语文"不是一个概念，也许改称"文字"更恰当。参展的人物里，我知道周越然和郑振铎是藏书家，周今觉是集邮家，其他人物也许同样具有收藏的癖好。参展的"语文"分八大类，其中一类"记录语文之工具"，不就是"记录文字之工具"吗，如结绳、笔、甲骨、竹简、树皮、纸、打字机等。

《立言画刊》第六十八期

我收存的《立言画刊》有两百多期，几近全帙的一半，要将第六十八期单独拿出来说道说道，其实也没什么特别的原因。好几年前由于居室逼仄，实在容不下日渐增长的书刊，只好将它们装入纸箱，一箱一箱摞起来直达天花板，省出不少空间。《立言画刊》也装箱了，但不知为什么把第六十八期落在外面了。

　　第六十八期由马晋（1900—1970）题写刊名。马晋20世纪20年代师从金北楼，擅长画马，宗法郎世宁，兼擅花鸟画，工书法、刻印，另一特长是做风筝。邀请名家题写刊名，一直是《立言画刊》的营销手段，却未能坚持到底，也许该请的都请了，实在请无可请了。这期的封面人物是"电影皇后"胡蝶，第六十八期出版时间是1940年1月13日，此时的胡蝶似乎已从马君武《哀沈阳》的中伤下复原如昔。名人为流言所伤，本是寻常之事。可是《哀沈阳》确实写得太好："赵四风流朱五狂，翩翩胡蝶最当行。温柔乡是英雄冢，那管东师入沈阳。"马君武写嗨了，又射一箭："告急军书夜半来，开场弦管又相催。沈阳已陷休回顾，更抱佳人舞几回。"晚年的胡蝶在回忆录中犹对马君武耿耿于怀。

　　《立言画刊》为戏剧性质的刊物，后面小半内容只有一点儿是我感兴趣的，如金受申（1906—1968）的"北京通"专栏，以及他的另一个专栏"仄韵楼谈诗"。说起来我也是金受申的粉丝，有一些小小的运气，得到了两个月（1925年7月和8月）的《仄韵楼日记》，虽为复印件，可是字迹如新，年方二十的金受申随着六十天的日记顿时鲜活起来，我很满足。

　　第六十八期的重头戏是一篇署名"觚屑"的《购书璅

屑》。"觚屑"显系化名,化名一个屑,题目一个屑,事实虽如此,但我不提一句的话,此文永不见天日。这是一篇淘书记,记的是1940年新年伊始"海王村书肆又大活跃矣。一二两日往游,迭与颖陶卿云诸相识遇,然皆寂无所购"。

好书佳册,毕竟不是俯拾皆是之物,以我的淘书经验,欲以较小的代价换取美善之书,好像只有"勤以补拙"一法,前人云"勤以赴遇书之会"说的也是这个道理。仅仅靠新年两天假日或春节厂甸十来天的功夫撞大运,似乎概率不高。凡事均不能一概而论,"觚屑"写道:"日前遇寿幼老,询以有所收获否?则幼老日来迭往海王村畔,虚往实归,如《袁海叟诗集》《东京梦华录》《格致编》《芸香馆诗》《郁华阁遗集》,不下十数种之多,皆以贱价得之。"我就此查了一下这些书册如今的行市,均价格不菲。

《新艺苑》第三期

这份刊物出版于1948年春天的北平,是半月刊,总共出了三期,也就是说仅存活了一个半月。停掉之后马上改名为《海内外》,又出了三期还是玩完了。因为未能亲睹后者,我实在搞不明白"新艺苑"与"海内外"是个啥关系,前者一望而知是文艺性质，而"海内外"就不好乱猜了，只能从字面上推测是新闻时事性质吧。两个刊物的代表人均为王东藜。

其实我收集的《新艺苑》是全份的，先买到的是创刊号，第二期和第三期是后来一块儿买到的，不知什么时候"哥仨"跑散了，只有第三期在手边，内容又很有趣味，不妨做一介绍。我当年买了不少民国杂志，大部分没有仔细阅读过，借着现在介绍的机会，对我而言也算是旧刊新读吧。

另有两个有趣的花絮，《新艺苑》的社址"北平西单横二条三十二号"，令我大感亲切。横二条南北向，三十二号应在路西。横二条北面就是太仆寺街，知堂老人1949年8月自沪返京，未敢贸然径自回八道湾十一号，而是在太仆寺街尤炳圻家里待了两个来月。上面我说的《海内外》，似乎只有中国书店横二条门市部有售，但是价钱要近2000元，在看不到具体内容的情况下，我不想轻易出手。

我列个第三期要目吧。殷琴《荒烟及其版画》①、新潮《本年术运纪要》、徐悲鸿《跋〈天桥人物〉》②、座谈记录《电影的

---

① 注：指陈荒烟。
② 本期封面即李桦《天桥人物》之一。我对天桥毫无好感，也不知为什么天桥撂地儿耍把式的艺人竟成北京一景。

音乐问题》（转载自上海《新民晚报》）、郭沫若《寿欧阳予倩先生》、钟离索《艺人图像之三——吴茵》、《小城之春》电影剧本提要、青苗《陶然亭访墓记》、《艺坛半月消息》等。

此刊虽然办在北京，但是与上海艺坛几乎同步，上海正在拍摄啥电影，北京这里马上跟进。钟离索笔下的吴茵，是上海影坛有名的"老太太"专业户，尤以《一江春水向东流》《乌鸦与麻雀》《万家灯火》里的老太婆最为脍炙人口。《小城之春》于1948年在上海公映，并未引发轰动，也许是过于文艺了吧，这与2005年该片荣获"金像奖评百年百大电影第一名"，形成巨大反差。即便如此，《小城之春》仍不是叫座的片子。

"与君一醉一陶然"的陶然亭公园于北京公园里声名不彰，知名度远逊北海、天坛、香山、颐和园。陶然亭多墓，这也许是游客不愿亲近它的原因。园内最出名的是赛金花墓，最浪漫的是高君宇、石评梅墓，两位青年生前无缘结为夫妻，死后却葬在一起，时人称其为现代版的梁山伯与祝英台。

《文艺春秋》第一卷第九期和第十期合刊

"文艺春秋"作为刊物的名字很普通，所以很容易同名，中国有，日本也有，中国的有20世纪40年代范泉主编的《文艺春秋》，而我要介绍的是章衣萍20世纪30年代主编的《文艺春秋》。此刊稀见，所以我能得到这一本，已然幸运，是第九期和第十期合刊，所以不能算两本吧。章衣萍只活了四十几岁，不及中寿，其代表作是《情书一束》，为了这么个书名还曾遭到鲁迅的嘲讽。

这期《文艺春秋》的出版日期是1934年6月1日，稍早的《人间世》杂志刚刚发表知堂老人的《五十自寿诗》两首，一首："前世出家今在家，不将袍子换袈裟。街头终日听谈鬼，窗下通年学画蛇。老去无端玩骨董，闲来随分种胡麻。旁人若问其中意，且到寒斋吃苦茶。"另一首："半是儒家半释家，光头更不着袈裟。中年意趣窗前草，外道生涯洞里蛇。徒羡低头咬大蒜，未妨拍桌拾芝麻。谈狐说鬼寻常事，只欠工夫吃讲茶。"和诗者甚多，遂成一时景观，也演变出一场不大不小的风波，连鲁迅也发声了："周作人自寿诗，诚有讽世之意，然此种微辞，已为今之青年所不憭，群公相和，则多近肉麻，于是火上添油，遂成众矢之的。"

章衣萍此时亦拍马赶到，仗着自己手握话语权，在自家的刊物上跟风发表了一组《和苦雨老人打油诗》，和诗者有"古梦""野庵"，以及刘大杰、吴稚平和"浑人"，名头当然远逊《人间世》的蔡元培、林语堂、钱玄同、胡适他们了。我不懂诗，只是觉得将这场风波参与者的和诗收集一处，作为文坛史料保存下去也不能算一件无聊的事情，这本《文艺春秋》的价值或许正在于此。

"古梦"者和三首，选其一："几度思量欲出家，算来只怕着袈裟。无妻惯惹胭脂虎，失恋频投赤练蛇。梦觉冰肌怜被絮，嚼残烧饼惜芝麻。情书一日三封去，没个人来品好茶。"

"野庵"者和二首，选其一："国难年年不想家，何时念佛着袈裟。强邻压境猛如虎，小吏贪钱毒似蛇。阔客有情跑狗马，贫民无力种桑麻。穷来无事窗前坐，开水三杯不喝茶。"

刘大杰："休管人家管自家，佛心佛骨没袈裟。趋名趋利人成狗，学剑学书尾是蛇。莫望文章惊四海，可怜世事似胡麻。从今少说无聊话，饮酒抽烟喝淡茶。"

吴稚平："道是无家却有家，布衣不肯换袈裟。趋炎附势穿梁燕，趁火打劫出洞蛇。几夜壮心坚似石，百年初计意如麻。小窗疏雨助诗兴，安得可人煎好茶。"

"浑人"者："七尺应须献国家，岂容偷懒着袈裟。强邻四面环饥虎，诡计多端缠毒蛇。华北战云密似网，关东时势乱如麻。荷枪壮士宜投笔，饮血沙场胜饮茶！"

这些和诗，或怒或怨，予人家国身世两飘零之感。

《子曰丛刊》第二辑

此刊共出六辑，以我的经验，刊期少的杂志未必好集全，除非你运气好买到合订本。第二辑出版于 1948 年 6 月 10 日，日期后面还有两个字"初版"，也就是说有再版的可能。此刊"主编兼发行人"是黄萍荪，说起黄萍荪，就让人想起鲁迅的话："有黄萍荪者，又伏许叶嗾使，办一小报，约每月必诋我两次，则得薪金三十。黄竟以此起家，为教育厅小官，遂编《越风》，函约'名人'撰稿，谈忠烈遗闻，名流轶事，自忘其本来面目矣。"黄萍荪后来命运多舛，也许是受鲁迅牵累。黄萍荪在《越风》上撰文《雪夜访鲁迅翁记》，实乃向壁虚构之作，被逮住把柄遭人诟病。孰料黄萍荪于《子曰丛刊》第二辑化名"歇翁"发表了一篇《鲁迅与"浙江党部"之一重公案》，再次声称见过鲁迅，且推杯换盏，相谈甚欢。黄氏怕人不相信他了，文中还附有鲁迅致"萍荪先生"

函的手迹。奇怪的是这次见面未见载于鲁迅日记,亦未见有专家考证真伪。

《子曰丛刊》与《越风》均属文史掌故性质,"忠烈遗闻,名流逸事",大体如此。看看第二辑的题目吧,徐一士《清季豪门外商银行存款案》,称国库空虚,欲征用"政界豪门国外存款"以救急而"至今尚未见诸实行"的尴尬。张恨水《五月的北平》,一望而知是散文,有那么一点儿掌故也是几句"洋槐传到北京不过五十年"之类的话。易君左《西北无夏》与张恨水文一样乃应季之作。第二辑面世之时恰逢夏季,总得有一二文章来点缀吧。易君左称"我欠了黄萍荪兄几年的文债,要算起复利来,可还不起"。易文落的时间是"三七,六,廿六,自兰州寄",那么问题来了,第二辑是6月10日如期出版的吗?

一般而言,文史家、掌故家多是"抱一门"研究及写作。因此看到《革命党人的书画》这样的题目,作者非陆丹林不可。冯自由撰《记壬寅大明顺天国失败始末》,也是可以想见的。

"无白不郑补",换言之"有刊物的地方就有郑逸梅",《子曰丛刊》岂能例外(本辑刊郑逸梅文《赵叔孺画马获妻》),何况刊物办在上海得地利之便。读杂志,我是很讨厌

"转下页""接上页"的，尤其是跳转，隔着好几页的转。中国画讲究"留白"，但是杂志最忌留白。也许郑逸梅能弥补上述两个缺陷。

2017 年 7 月 27 日

南京文艺刊物举隅

民国时期南京所出文艺杂志，极少震动文坛，也就是说，拿不出像《小说月报》《文艺复兴》《鲁迅风》这样名垂现代文艺期刊史的名牌杂志，可是作为六朝古都，南京还是出版了许多很有意思的刊物的，颇可一谈，仅就寒舍所藏且恰巧留在手边的，略举五种。

《新动向》里的《亡书记》

这本杂志出版了许多期，一会儿旬刊，一会儿改月刊，要收集完整不是件容易的事，价格贵的话，就不划算了，所以我只挑选感兴趣的内容买。手边这一册很像一个"读书专号"，当然被我相中了。你看它的期数"月刊第五期（第九十四号）"，是不是很绕？其实它的意思是"总第九十四期，改月刊后的第五期"，换言之，《新动向》从第八十九期开始改月刊了。

《新动向》创刊于 1941 年，社址在南京颐和路。说起来，《新动向》就不像文艺刊物的名字，实际上也确实如此，但是文艺的比重较多，归于文艺综合类也无妨。就说这期吧，《读书与经验》（傅彦长）、《读书十策》（陈廖士）、《现代读书法》（青源）、《亡书记》（刘延甫），均是开启书窗的佳作。

《亡书记》有个副标题"南居北忆之一"，开头说到"自从来到江南，心里反倒常常追忆起北方的一切事来……唯一足以令我系念不忘的，便是留在家里的一部分残余的书籍了"。

"亡"，失去也，本文或可称《失书记》，却不如"亡"更显痛楚之深。刘延甫写道："我不敢说自己是个读书人，而自上学校以迄入世，二十年来，却是藏书有癖。然而此种癖好，并没有令我真能达到藏书的目的，留下来的，只是一部痛心史而已。"

刘延甫出身书香世家，"在我幼年的时候，家里的一间空房内曾储有满满十数木柜的书，是累世相传的财产之一部分，紫红的木箱前边刻了'如不及斋藏书'"。刘家雇有长工，曾在兵荒马乱之际代行看管刘家大院之责，当然抵不住兵匪抢掠，财产及图书，两大皆空。遭此大劫，年少的刘延甫并未痛心疾首，直到"我的学业受到了号称整理国故的先生们的影响，兴趣逐渐趋向于故纸堆中，方始感到家里的那部分书籍的损失对我有了切肤之痛"。

焚灰劫余成为刘延甫最初的藏书，"一则以存先人的遗泽，一则以纪念家运人事之变迁"。刘延甫在天津南开中学读书之时，开始了他"第一段藏书"，买的书总数达千余册。第二段买书史是在北京开始的，"几年之间，我从东安市场青云阁琉璃厂的书摊上又搜集了有一千五六百册，古董也有，崭新的著作也有"。

在以后二十年的岁月里，"借而不还"的书，加上自己为了避祸而焚烧的书，刘延甫惨淡经营的藏书不及最初的十分之二矣。

《新东方》里有张爱玲的文章

张爱玲文章的初发刊，具有极高的文本价值，经过"张学"专家与"张迷"们三十几年来的苦苦追索，民国时期的张爱玲作品初发刊几乎没有遗漏了，但零星佚文出现在报纸的可能性还是有的。我非专家，充其量算半个"张迷"，却误打误撞地几乎搜集全了张爱玲民国那四五年的初发刊。这些初发刊有的得来全不费工夫，有的却踏破铁鞋无觅处，个中苦乐，冷暖自知。

我很晚才知道《新东方》里隐匿着张爱玲的文章（《鸿鸾禧》《存稿》《自己的文章》），对于我来说，不得不说很是失策，以我当年购求民国杂志的狠劲儿，如果早些知道《新东方》——就算不是专门为了张爱玲，这也是一本可读性非常高的刊物。我说的"如果"，是指早下手的话付出的代价（价格）会小得多。具体来讲，如今买一本《新东方》的价钱，早些年可以买十本或更多。

1939 年在南京创刊的《新东方》也不是纯文艺刊物，封面上方写得很明白——"政治经济文化综合杂志"，政治与经济，时迁境移便分文不值，唯有文化的生命力历久弥新。《新东方》有个栏目叫《旧货摊》，很是出奇，所载文章多是篇幅不长的文史掌故随笔，我很喜欢的作家纪果庵（1909—1965）为该栏目执笔者之一，署名"炒冷饭斋主人"，饶有趣味。纪果庵藏书丰富，文章里常常透露出旧书刊踪迹，20 世纪 30 年代最重要的刊物《文学》，出版到第九卷第二期赶上抗战，被迫改成小本的"战时版"又出了第九卷第三和第四两期便停刊了。"战时版"非常稀罕，只有纪果庵在文章里提到过"夹在某本大杂志"里的"战时版"《文学》，我就是顺着这条线索，淘到第九卷第三期"战时版"，藏书家姜德明先生称他也不存"战时版"《文学》。

为《新东方》撰稿的不仅是南方作家，偶尔也会有北方作家寄来稿子，如署名"少虬"（陈邦直，北平《武德报》秘书）的《一年来的故都杂志出版界》。国民政府于 1928 年迁都南京之后，文人们对于北平的称呼多用"故都"以表故国之思、故园之情，陈少虬文后"三十二年，十二月，于故都"隐含的有"故国"这个意思。陈少虬介绍的杂志和单行本，于我已是再熟悉没有了，得地利之便，早早揽入囊中，读到他的介绍另添亲切之感罢了。

《读书》杂志独此一份

以"读书"命名的刊物极少，南京却占有一份。这份《读书》杂志私人收藏极少，我却有幸收存全份，就算到了电子版横行的网络时代，这本《读书》杂志的文献价值也无法被超越，电子版的民国刊物我见识过许多，可谓"缺头少尾，漫漶混沌，毫无美感，不忍直视"。

《读书》杂志出版较晚，1945 年 2 月才出第一期，命里注定长久不了，果然只出了六期，便撞上了抗战胜利，不停刊也得停刊了。我以前说过，一本刊物的终结，不外乎几个原因，政治、经济、人事，《读书》杂志属于前者。

关于读书，可谈的东西很多，最令人生厌的是鼓吹和说教。世界上美好的事情有许多，读书只不过是其中之一，却经常被夸大成唯一。判断一本杂志的高下，我的经验是看作者、看题目，这是条捷径，省时间。就拿《读书》杂志来说，碰到"从历史说起""批评论""谈读书""大学生的读书谈""精神改组""小市民文化和文风"这样的题目，不能说掉头就跑，但是决不会抢先去读，因时间是宝贵的。读者口味不必强求一律，我中意的是这样的文章，比如《北平的单行本》《金陵印象记》《寒夜谈诗》《清乾嘉间东南第一藏书家》《忆书斋》《最近北平的杂志》《红纸廊随笔》《陀思妥耶夫斯基〈白痴〉研究》《清代书癖故事》《年来爱读的书》《谈礼拜六派》，虽然偶有打眼，名不副实，但大体上不会让我失望。

周作人是《读书》杂志里名头最大的作者，但是知堂老人的文章题目很老实，很平淡，如果换成不知名的作者，这样的文章你会先睹为快吗，如《杂文的路》《国语文的三类》《古文与理学》《俄国大作家》。老话云"先敬罗衣后敬人"，用到《读书》杂志上来或许也是灵验的。

读书的目的不外乎获取知识与资讯，获得愉悦与慰藉。读书的乐趣尚应包括"藏书之乐"，《清代书癖故事》讲的便是书痴之乐，文中列举了几种书癖病态故事，足以解颐，比如"好抄写以致偷抄窃取人书者""出则挟书自随者""闻书色动，虽千里必宛转得之；见书欣悦，以致徘徊不忍离去者""沉湎于典册，夺饮食男女之欲，不惜米盐生计，乃至不知有岁事者"。凡欲成事者，理应具备一股子痴迷之气。

《文艺月刊》——抗战中的坚守

1930 年 8 月 15 日，南京出现了一本大型文学刊物，名字很直接——《文艺月刊》。为什么说大型呢？先说它的外观，比通常的十六开还要宽三厘米，两百个页码，不是骑马订而是起脊，目录为折页式，前面有铜版纸画页。那庞大的身形只有稍晚上海出版的《现代》《文学》可与之媲美。大型的另一层含义是指作者阵容，这么多响当当的名字保证了《文艺月刊》的品质：巴金、老舍、沈从文、戴望舒、卞之琳、何其芳、陈梦家、李金发、靳以、施蛰存、李长之、凌叔华、鲁彦、洪深、梁实秋、林庚、徐悲鸿（画稿）等。因为《文艺月刊》特殊的时代背景，实际上能约来这些名家颇不容易。

南京作为国民政府首都之后，其文艺政策必然会影响到文艺刊物的宗旨，今天我们也许看不清楚一本杂志纸面后的波澜动荡，而刊物作为文学流派或政治团体的阵地，自有其纲领在，只不过潮起潮落，今天皆一风吹了。《文艺月刊》当年的出现据说是有针对性的。

1930 年"左联"成立后，引起了国民党宣传部门的恐慌，于是国民党官员潘公展、朱应鹏、范争波等召集了王平陵、黄震遐、邵洵美、傅彦长等策划和发动了"民族主义文艺运动"，其主张乃"文艺的最高意义就是民族主义"，否认阶级社会中民族内部存在的阶级矛盾和阶级斗争。这种主张受到了鲁迅、瞿秋白的批判，尽管如此，"民族主义文艺运动"自有其积极意义，民族主义文艺在中国少数民族文学、国外文学（尤其是小国与弱势民族文学）的研究上，起到了积极的促进作用，并对其后的抗战文学起到了积极作用，还形成了以阿英、周贻白、王统照、萧军等人为代表的"后期民族主义文学"。

1937 年 8 月《文艺月刊》停刊，原因当然是抗战爆发了，一切围绕"民族文艺"的争论就此收梢，《文艺月刊》却以《文艺月刊·战时特刊》的形式继续在汉口、重庆出版了五十一期，坚持了四年之久，用实际行动证明了自己是言行一致的刊物。我收藏有两个时段的《文艺月刊》，故能看清楚迷雾下的历史真相。

《作家》创刊在南京，复刊在苏州

我很早以前在旧书店买到一本《作家》月刊，不是 20 世纪 30 年代那个非常著名的《作家》杂志，开本不一样，时代不一样，作者也不一样。如果对现代文学期刊史不熟悉的话，也许会误以为是同一种刊物，以"作家"为名的刊物毕竟有过好几种。同时代的同名刊物容易搞混，就算是手头的这本《作家》也一度把我搞糊涂了。

这本《作家》是 1941 年 4 月在南京创办的，一开始就有个"必也正名乎"的问题，你看封面是"作家"两字吧，可版权页署"作家月刊"，那么正确的名称应是《作家》还是《作家月刊》呢？以后注录到期刊目录或者图书馆登记造册以哪个为准？前面写过的《读书》杂志也是这个问题，封面刊名与版权页刊名不符。这个问题也许很小，长期以来就这么乱用着，如《良友》画报与《良友画报》等。

买到《作家》之后，我又买到了同样封面（主编同为"丁丁"，作者还是那一群作者，版式亦一模一样）的一本《作家》，自以为是"一家人"，便放到了一起。某一天忽然静下心来，我细细打量，才知道后一本《作家》是前一本的"复刊"，编辑部从南京挪到了苏州，我竟不察，险些闹出笑话。

主编"丁丁"本名丁嘉树，又名丁淼，笔名丁丁、野马等。出书很早，1926 年即有诗集《未寄的诗：过去的恋歌》印行，1940 年夏曾在上海主持综合性刊物《上海评论》。丁丁于《作家》创始之初宣称"为了我们是纯文艺的刊物，那种演绎式口号，浅薄的八股，恕不刊载，先行声明"。其实，一本刊物的质量不登口号和八股也未见就能高级起来，如本期的《文艺的心理研究》，这种纯理论的文章竟然占去全刊 48 页的 6 页，通篇所言不过是"高深的八股"。

令我诧异的是此刊竟掺杂了一篇《西方的书籍爱好者》（作者许竹园另于第二卷第一期写有《装帧杂话》）。我当然爱读关于藏书的文章了，中国那时成百上千的文艺杂志，谈藏书的文章为数很少，更别提西洋的藏书了，周越然（1885—1962）是极个别的例外。杂志的趣味就在于"杂"，虽不至于五花八门，但是总比一个面孔好。杂志的资料性本刊也有体现，《编者座谈》请的均是南京报刊的编者，我前面介绍过的《新东方》，从座谈会记录得知主编是东野平，而《新东方》里只介绍社长是苏成德，未透露主编是谁。

2016 年 12 月 13 日

知堂己丑日记的全璧，断句与识字

时至今日，关于周作人的日记，普通读者能够阅读到的仍然只是1898—1934年间的日记（中缺1906—1911年及1928年）。周作人逝世于1967年5月，也就是说有近半数的日记仍然尚未公开出版。再细算一下，已经公开出版的周作人日记实数是二十九年，未公开的有三十一年，这后半截的日记也有严重缺失（比如1936、1937、1944年为丢失，1946—1948年未记日记），这么算下来，后半截实存日记为二十五年。周作人记了六十八年日记，由于各种原因失记或丢失的日记竟高达十三年之多，对于周作人研究来说实在是个无可弥补的损失。

好消息是，就在上个月，本年第七期《中国现代文学研究丛刊》上刊出周吉宜先生整理的《1949年周作人日记》，使普通读者有幸读到周作人极其重要的一个年份的日记。整理者周吉宜先生为周丰一之子，周作人之孙，曾任中国现代文学馆副馆长，如此显赫的双重身份当世罕有。说句老实话，《丛刊》的可读性越来越不行了，本来它就是一本专业刊物，强调可读性是强人所难，我真是太天真了。《丛刊》于1979年创刊，我一直一期不落地购读了二十多年，后来看着它的面孔越来越严肃，只得弃阅。所谓弃阅，实际上是像对待《读书》一样（《读书》我购藏至第三百五十期之后便断了），不再期期不落而是见到某期有中意的文章再买来收藏，比如去年第十一期的《丛刊》刊有周作人与沈启无的通信，我便非买不可。

现代文学学者吴福辉先生亦曾任现代文学馆副馆长，他在谈到现代文学馆初创时期曾说："在1985年，我们不顾自己的经费不足，毅然接办了《中国现代文学研究丛刊》，从一期补贴5000元到现在继续补贴，已经过去了二十三个年头，我还没有忘记与杨犁到北大镜春园王瑶先生寓所去谈刊物的前景。"（2008年9月《现代文学馆与我跋涉走过的路》）

家家有本难念的经，尤其是当下纯专业刊物生存不易，我不该不近人情地挑剔什么可读性，以性价比来说，花个20多块钱读老周的一年日记蛮划算的。

早在四十年前，1976年11月香港《七艺》杂志刊出了成仲恩（鲍耀明）编注的《知堂老人的己丑日记》，这是周作人1949年日记的首次公开。鲍耀明与周作人友善，20世纪60年代初的那几年，周作人以"精神的食粮"换取鲍耀明提供的"肉体的食粮"，关系越来越密切，以至鲍耀明提出"拟欲借用一下先生的日记"这样的不情之请，周作人竟亦答应。

鲍耀明提出借用日记的时间是1962年2月1日，周作人3月27日回复称："前日匆匆寄信，忘记说了一件事，即所说日记之事，因现在写回想录，刚到一九三〇年左右，故一部分日记尚须参考，俟用过后当可奉借耳。"知堂老人未食言，同年12月《知堂回想录》完工，12月3日致鲍耀明函称："日记在以前用大型'当用日记'，颇为笨重，从廿八年起改用小型本，较易寄递，将来或即寄一本小型'当用日记'去，何如？"什么叫"当用日记"呢，日语"当用"即当前使用之意，"当用日记"乃日本制造的日记本，我于书摊曾买到过一册，而且是小型的。12月10日，鲍耀明回复称："小型'当用日记'先此致谢，阅后定当奉还。"12月18日，周作人日记："往街寄耀明信，又廿八年份日记一册。"当日信中附了一行话："拟借阅日记，兹另封寄奉廿八年份一册，请查收。"12月24日鲍耀明收到了1939年的日记。

我做如下猜测，鲍耀明感兴趣的也许就是周作人1937年

7月之后的日记，周作人心领神会以1939年日记投石问路。果不其然，12月27日鲍耀明得寸进尺："能请借阅一九四五至一九五〇年间任何一年日记否？"如果不是生活压迫，老周断不会出借日记，要知道前不久鲍耀明寄赠的羊毛衫老周就没有收到，老周不会没有风险意识，但不走这一步险棋又有什么法子维持一家老小的生活呢。1944年日记就是在频繁的交换中寄丢了。"肉体的食粮"也有过多次寄失，而老周的态度诙谐风趣："想已由税关'代享'了。"想想1961年周作人把前半截日记以1800元出售给鲁迅博物馆，真是替他老人家难过。

鲍耀明收到周作人的日记后，便着手抄写，抄写难免出错，后面我会谈到鲍耀明认错字让我背锅的笑话。鲍耀明一边抄一边还给老周出难题："可以将其中一两页剪开复印后再用玻璃胶纸补回否？"那天我忽然有些气恼，想起一个题目——"周鲍贸易史明细账考略"，一笔一笔对应周鲍之得与失，以今视昔，老周亏大发了。令人唏嘘的是，老周赠予鲍耀明"精神的食粮"，经过拍卖等方式，终被强力者五马分尸般掠夺殆尽，七位数的价钱亦令人瞠目结舌。

周作人回复鲍耀明12月27日函："胜利以后，即一九四五年冬至一九四八年，因为国民党所捕，在南京狱中，未有日记，现在只有一九四九年的部分，其四九年一册或可寄呈一览。听候示下。"1963 年 1 月 9 日，周作人亲自上新街口邮局给鲍耀明寄出 1949 年日记一册。鲍耀明 1 月 22 日复信称收到了，并将前借 1939 年日记"另邮奉还"。

老周天天打交道的新街口邮局如今还在几十年前的那个位置，我每路过总要匆匆一瞥，行一个只有我懂得的注目礼。

十三年后的 1976 年，鲍耀明将周作人 1949 年日记刊发在《七艺》杂志创刊号上。插一句话，《七艺》编辑林曼叔先生后来主编《文学研究》，承林先生不弃，我的几篇小文得以跻身香港文学刊物。

周吉宜"整理者前言"称："周作人 1949 年 1 月出狱，4月开始记日记。"4 月 1 日的日记只有一个字"阴"，别小看这一个字，它表明周作人中断三年多（1945 年 12 月 7 日至 1949 年 3 月 31 日）的日记恢复了。不知道鲍耀明出于什么想法，《七艺》刊出的 1949 年日记从 6 月 27 日开始至 12 月 31日结束，前面少了 4 月 1 日至 6 月 26 日 80 多天的日记。因此，本文题目所谓的"全璧"乃相对《七艺》而言。

前面所说鲍耀明给我挖的坑，请先看《七艺》版 6 月 30日日记："阴。上午写文了。下午康嗣群来，云无《立春以前》，因以一册赠来。仲廉来。"我这么解读对不对，康嗣群听周作人说没有《立春以前》，所以特地送来一册。我看不出毛病来，只是觉得"云无"这话不像是周作人说的，语法上不太搭。有位看过周作人1949年日记原迹的朋友对我说："鲍耀明抄录的老周日记错太多了，'赠来'应是'赠之'，鲍耀明认字的水平很有限，你赶紧把文章收回来吧！"可是我的文章已经发表了呀，我对朋友说，没有人指出这一"方向性"硬伤，以后收书时再改吧。末了，我还开了一句玩笑，硬伤也是一种美，它使人记忆深刻。

等到我看到周吉宜的整理版，新问题又来了。6月30日日记为："三十日阴。上午写文了。下午康嗣群来，云无《立春以前》，因以一册赠之。仲廉来。"赠书的方向对了，是周赠康而非康赠周。《立春以前》由上海太平书局于1945年8月出版，正逢时局巨变，周作人应得的样书随之泡汤。由于周作人出狱之后有两个来月未记日记，因此，《立春以前》有可能是4月之前友人帮周作人代购若干。

周作人记日记是不加标点的，因此，断句很考验你的水平。学者们断过一次大错，使得意思满拧。1939年1月12日周作人日记有云："下午收北大聘书仍是关于图书馆事而事实上不能去当函复之。"前一个意思断错比断对还难，后一个意思学者们不但断错句而且还认错字，将"去"认成"不"，因此造成一个于周作人十分不利的意思："而事实上不能不当，函复之。"正确的断句是："而事实上不能去，当函复之。"我一直对实行简体字及标点符号持不同意见，认为这两个硬性规定反而降低了人们的语文能力。

2017 年 8 月 13 日

"吾国画报史"，你知道我在等你吗？

近日欣喜地读到了《中国画报画刊（1872—1949）》（彭永祥编著，中国摄影出版社 2015 年 1 月出版），近现代的"老画报"如同"老电影""老漫画"一样，一直是我关注的专题，为此也略有集藏，之所以引出这么个题目，是因为彭永祥此书虽属"提要钩玄"式写法，却是最接近"中国近现代画报史"的一部著作，只需再添加一点儿学术理论元素，或许第一部"吾国画报史"就会诞生了，为此我等了很久很久。

也许是老画报在文化史的地位卑微，也许是老画报文献史料的难以寻觅，没有研究者愿意为之"树碑立传"，而是一窝蜂似的涌挤在轻车熟路的热门学术课题上面。

邵洵美是现代画报的先行者。20 世纪 30 年代，邵洵美手创主办编辑过的刊物门类之多，无人能及，举凡文学、漫画、电影、时事，邵氏均有涉及。1929 年 10 月，邵洵美创办《时代画报》（据闻全份一百一十八期《时代画报》近期已经影印出版），其影响力仅次于早它三年问世的《良友》画报。

邵洵美呼吁："我总觉得图画能走到文字走不到的地方，或是文字所没有走到的地方。对于前者，我有一个极好的例子，譬如说，新文学运动到现在多少年了，但是除了一部分学生以外，它曾打进了何种领域？以群众为对象的普罗文学，它所得到的主顾，恐怕比贵族文学更少数。但是画报走到了他们走不到的地方。"（出自《画报在文化界的地位》）

邵洵美强调："画报的确也曾经前进的作家，如鲁迅先生等注意，但是他所提倡的是高深的木刻，可怜我们浅近的大众，比不上苏维埃高深的同志！所以我说，画报能走到他们没有走到的地方。"

现代学者吴福辉在《漫议老画报》一文中感叹老画报研究的现状："在现代期刊发生、发展的长时段里，画报的地位远比我们想象的重要。出版的数目，深入到民众日常生活里面去的程度，也都相当不可忽视。现在我们要开列一个完整的无一缺漏的画报类刊物的名单，几乎是不可能的。因为它们长时间地位卑微，被认为是低级的文化读物，甚至不被视作刊物，一个世纪以来的公私图书馆，也没有专心地将它们搜罗齐备过。于是，各种画报画刊旋生旋灭，像一群快乐的流浪汉，在正史上不留多少痕迹。"

关于近现代"老画报"的专著，二十年以来，七七八八也出版过有那么几种吧，其中马国亮的《良友忆旧——一家画报与一个时代》堪称个中翘楚，至今未被超越。《良友》乃中国唯一驰誉世界报刊之林的画报，马国亮乃《良友画报》主编，这样的珠联璧合，纵观中国画报史，独此一家一人。

此外，汇编性质的《中国老画报》上海卷、北京卷、天津卷亦差强人意，举凡重要的老画报均榜上有名，而且图片质量较高。依我之见，上海执吾国画报之牛耳，当仁不让；北京第二，亦无可非议；天津排位第三，亦名正言顺，天津有《北洋画报》这个名牌，保住老三的地位无虞。我以前说过一句激愤语，中国这史、那史不下千部，娼妓有娼妓史，流氓有流氓史，为何一部画报史就如此难产。《中国老画报》虽然图文并茂，但仍然距离一部恢宏精深的史书较远。

读彭永祥的《中国画报画刊（1872—1949）》，我所叹惜的是作者说的这段话："我今年（2014）已经九十一岁了，出版之前的许多事情实在是干不动了，只能委托给韩教授（韩丛耀）和他的学生去做。我只希望在我'走人'之前能尽快见到这些资料出版，这可是我花了几十年的心血搜集到的'宝贝'。"

彭永祥自1950—1988年，一直在新华社摄影部（前身为新闻摄影局）工作，主要"搜集古今摄影书刊、影集、画刊"。"已汇集到（1937年前）画刊471种。再加上中共从1926年至1949年在江西、延安的抗日根据地、抗日游击区出版的画报近300种，总计约800种。"这800余种老画报几近1872年至1949年所出画报2000余种的半数，而且全部摄制成图片以存真，真是了不起的功绩，要知道许多珍罕的老画报"知其名而不知其貌"，说句笑话，"身份证"缺照片能成吗。

　　欲撰吾国画报史，当然要搞清楚哪本画报是最早出版的。

　　彭永祥认为："《小孩月报》，1874年（同治十三年）2月于福州创刊，月刊，普洛姆夫人与胡巴尔夫人主编。根据范约翰所编的画报目录可知，该刊每期发行1200份，册页，使用福州方言出版，它应该是我国最早出版的画报。"同名的《小孩月报》还有两种，1874年2月广州一种，1875年5月上海一种。关于三种《小孩月报》谁为中国第一画报，其说法不一，我相信彭永祥的论断。当然，如何定义"画报"，也是个棘手的问题。如1872年出版的《中西见闻录》也是图文并茂的，但是只被定位为"中文期刊"。从私心出发，我当然愿意见到《中西见闻录》归属于画报，因为我收藏了它。如果它是"画报"，我便可以自豪地宣称拥有"中国第一画报"了！

撰写《中国画报史》的最佳人选非文学家、藏书家阿英（1900—1977）莫属，可惜阿英抱负未展离世已四十年矣。当今也许只有靠集体的力量来完成画报史的撰述，个人恐怕无力完成这部巨著，光是老画报原始文献的浩瀚无垠便令人望而却步。画报史于中国文化史的缺席，终归是一件憾事，我继续期待着。

2017 年 7 月 5 日

"宁滥毋缺"之滥

——读《1872—1949文学期刊信息总汇》

鲁迅先生说过:"本来,有关本业的东西,是无论怎样节衣缩食也应该购买的,试看绿林强盗,怎样不惜钱财以买盒子炮,就可知道。"(1936年7月7日致赵家璧)对于古旧期刊爱好者的我来说,"有关本业的东西"最要紧的莫过于期刊目录之类的工具书。尽管我已购存十余部期刊工具书,可以说得上非常齐备了,但是听说了刘增人教授主编的《1872—1949文学期刊信息总汇》出版的好消息后,虽然价格昂贵,犹豫再三,我还是遵照鲁迅先生的话去做了。

我的犹豫不单单是"节衣缩食"的问题,说实话,我怀疑《总汇》是否再次令人失望。

十一年前我写了《望穿秋水——仍不见"中国现代文学

期刊史"》，其中说过一段话：

当我读了《中国现代文学期刊史论》(1915—1949)
这部大书时 (16开大本，670多页)，我的失望也是很
大的。这本外观豪大貌似史著的书，仍然不属于一部学
术意义上的"文学期刊史"。我所遗憾的是，集合了"国
家社会科学基金项目""教育部人文社科研究'十五'规
划项目"等五项基金资助，这么大的力量，还搞不出来，
以后的希望更小了。

作为古旧期刊爱好者的我，自忖这段话没啥问题，没
有想到《史论》的主编刘增人教授却当了真。刘教授于
《1987—1949文学期刊信息总汇》中说道："《中国现代文学
期刊史论》作为国家社科基金项目之一出版后，引来许许多
多专家的好评，得到过山东省和教育部的奖项，当然，也受
到著名藏书家颇为严苛的批评。"

并非想冒领"藏书家"头衔，可事实上刘教授指的就是
我。我也没料到当年的几句话后果如此严重，刘教授接着上
面的话说："事后，对照各种表扬和批评的意见，我静夜长思，
确信我的确还并不具备撰写文学期刊史的实力和条件，连究

竟出版过多少文学期刊都说不清道不明，就来动手写史，岂非缘木求鱼，自寻烦恼？而坊间又确实没有提供过比较翔实、完备的文学期刊叙录，以供参酌，以供查询，于是我就只好自己来下这'摸清家底'的笨工夫了。这就是我从试图撰写'文学期刊史论'到试图编撰'文学期刊叙论'以至今天的'文学期刊信息总汇'的演化过程与内在原因。"

刘增人教授从学术著作（文学期刊史）的著述，演变为编撰（文学期刊）工具书，难道"摸清家底"之后，仍旧是为了文学期刊史的著述？这样的乾坤大挪移有什么意义呢。也许，将《史论》《叙论》《总汇》三者合而观之，便可视之为"中国文学期刊史"了。

现在搁置不论学术性的"文学期刊史"，我们先来谈谈作为期刊工具书的《总汇》的瑕疵。所谓瑕疵仅仅是我个人的偏见，或者是由于个人偏爱引起的偏见，毕竟我对于古旧期刊的痴爱不逊于刘增人教授。我被刘增人教授的这段话深深感动了："五十余年，我陪文学期刊走过，一路风雨，一路坎坷，一路求索，但也一路期冀。一路感恩，一路收获！"

《总汇》收录了 1872—1949 年的文学期刊约 10100 余种。由于要照顾 1500 余幅彩色书影图片的质量，所以全书（4 册）3800 余页全部使用克度很高的纸，而不是通常工具书所用的轻薄纸。我称了一下全书的重量，竟达 12 公斤，每册平均 3 公斤，这样的重量对于翻检查索来说是个力气活儿。工具书忌分册，如果要查《总汇》的一条信息，必须将四个庞然大物全搁在手边，来回倒腾，因为你不确定信息在哪一册里。拿《上海图书馆馆藏近现代中文期刊总目》与《总汇》做个比较，我们便可以看出作为工具书，《总目》比《总汇》各个细节都规范多了。《总目》收录 1868—1949 年间中文期刊 18485 种，全一册 1631 页，重量仅 1.6 公斤，使用起来十分快捷趁手。

是什么使得《总汇》如此臃肿笨拙呢，纸张重量是一个原因，页数太多也是一个原因。比较一下，《总目》平均一页可容纳 11 种期刊的简介，而《总汇》的一页只容纳约 2.6 种期刊，两者相差 4 倍之多。

未拿到书之前，我是很赞同刘增人教授的这个观点的——"本《总汇》在收罗、叙述文学期刊时，一向认同'宁滥毋缺'的主张，即使只知一个刊名附带其笼统的创刊年代者，也不轻易放弃。"我所失望的是，"宁滥毋缺"主张在具体执行中的偏差，倒不如"宁缺毋滥"了。

比较明显的"宁滥毋缺"之"滥"有几种形式。

其一，《总汇》最前面的"说明"，我从未见过一部工具书是这样开头的，刘增人教授将《总汇》所参考和利用的所有工具书及个人著述，全部有名有姓地"感谢"了一番，我记得规范的做法是搁在书后的"参考书目"中。

感谢完"参考书目"之后，"说明"又感谢了一批"公立图书馆"，好像欠了公立图书馆的情，公立图书馆本来就是为研究者服务的嘛。

感谢完"公立图书馆"之后，"说明"又感谢了一批"图像提供者"，提供者有私人（私藏），也有图书馆（有的提供者本身就是图书馆的员工，有的好像是与图书馆有"关系"的个人）。谢谢人家的帮忙既是人之常情也是中国之国情，但是感谢之下，将1451个刊物的名称、时间、地点全部一五一十地列出，有这个必要吗？难道不会用"等等"来代替吗？

"说明"是19页，1451个刊物的名字占了17页。我的情绪，已经不单单是失望了。下面还有更令人绝望的事情。

其二，第一册已经有个按年代和地区划分的"刊名索引"，占了278页，第四册还要有个"笔画索引"，又是占去278页，550多页的索引是不是创了纪录？这种叠床架屋的安排，证明我前面说的"力气活儿"并非信口开河。

刘增人教授原本的设想是搜集"1912—1949"的文学期刊信息，我觉得这是量力而行的明智做法。可是刘增人教授偏偏听信某权威的建议，将上限自 1912 年提升到 1872 年，其理由是"1872 年即公认的中国文学期刊之开篇之作《瀛寰琐记》的出版年份"。我觉得《总汇》连近代带现代一锅烩，是好大喜功的表现，老老实实将现代文学期刊这一块弄明白了才是务实的态度。

其三，《总汇》对于"文学期刊"的界定非常宽泛，说重了是非常不严谨、不严肃，不能沾上一点儿文化的边就往"文学"的篮子里放吧。如果持"宁缺毋滥"的态度，《总汇》一万多种所谓文学期刊，至少要砍掉一半。请问下面这些杂志能说是文学期刊吗？《中国海员工业联合总会月刊》《家庭杂志》《童子世界》《万国商业月报》《实业丛报》《监狱杂志》《歌场新月》《华侨杂志》《国货杂志》《广东长老自理总会月报》《劳动杂志》《新城端风团年刊·端风》《俭德储蓄会月刊》《松属旅苏学界同乡会半月刊》《启明女学校校友会杂志》《浙江商品陈列馆季刊》《饶平旅汕学会月刊》《厦门泰山拒赌会年刊》，等等。但愿我不是望文生义。

其四，《总汇》最大而无当的浪费，是每种刊物项目下的"主要撰稿人"名单，假如这个刊物有 50 个作者，《总汇》便全部列上，假如有 100 个、200 个，甚至更多，《总汇》也会一个不少地列上。现代刊物作者的名字，如张三、王五，你列上读者尚能明白，早期刊物上面那些是人名吗（倒很像今天的网名），有必要全部列上吗，猜谜呢？只举一例，《瀛寰琐记》主要撰稿人名单——"蠡勺居士、苕溪包叔子、小吉罗庵主、径山樵子、咏雪主人、半痴道人、西酬桑者、吴与妙妙子、钵池山农、当涂黄富民、鹅湖逸士、瑶卿边琬、笙月词人、浮眉阁……"等500余人。

我计算了一下，一万余种期刊，以每种40位"主要撰稿人"约计，光人名就是40万个。以每个人名3个字计，《总汇》单是人名一项就用去100多万字，却没有提供给读者一条期刊细目的信息。我真是无语了。

2017年3月21日

新文学稀见书之绝唱

——柘园藏珍专场拍卖印象

2017 年 5 月 20 日，是个特别的日子，这天中国书店拍卖会，举行了一场特别的"柘园藏珍专场"。

"柘园"者，乃著名新文学版本收藏家胡从经的堂号。胡从经说明其意义："去年（1979）迁入沪南新居，赖少麒同志挥笔为敝寓题名'柘园'，旁以小字注云'一木一石之意'，并钤有'一木一石之斋'的篆文印章。我将题字悬于作为书房的斗室之中，每当寒宵夜读之时，或值子夜驻笔之际，略一仰视，即可瞥见豪放的'柘园'二字，由此油然想起当年鲁迅先生在致赖少麒函中所昭示的，'巨大的建筑，总是一木一石叠起来的，我们何妨做做这一木一石呢？'"

胡从经的新文学版本收藏，正是从鲁迅的著述入手的，不然的话，一般的新文学版本书也撑不起一个专场拍卖。我很早就知道胡从经藏书的厉害，或者可以称誉，胡从经乃唐弢、姜德明之后第三人。

胡从经的代表作《柘园草》，即为向鲁迅致敬之作——"每当细雨潇潇的薄暮，抑或一灯荧然的午夜，神驰于鲁迅诗文论述之中，无论旨意的求索，还是史料的钩稽，如有涓滴之得，辄喜不自胜。"

"所以我比较侧重地写有关鲁迅所作序跋的书，并旁及所编辑、校阅、评骘的书。或爬罗剔抉，或斫榱觅椽，成文凡五十六篇，以志鲁迅煜然如星的五十六个春秋。"

《柘园草》初版印 6000 册，在没有网络的年代却颇难搜获，而我终于觅得一册，其欣喜之情至今犹记。2002 年 9 月，北京鲁迅博物馆举办第一届"民间藏书家珍品联展"，参展者为韦力、方继孝、胡从经、李世扬、冯建忠五位。展期进行时，我见到了仰慕已久的胡从经，赶紧拿出《柘园草》请他签名。此时胡从经已在香港开创了另一番文化事业，于内地反倒成为贵客了。我在会上发言称，胡从经的离沪赴港是"书话界"的一大损失，胡从经未对我的论调做出反应，后来我才明白胡从经的心思早已转移。下面是一段来自十年前某报记者对胡从经的采访。

采访中，胡从经不止一次地用自己的表情告诉我，当年他淘书的时候是多么有滋有味。尽管那时工资只有 60 块钱，他每月要省上一半的钱来买书。但他还是喜欢那个藏书的年代。而现在根本不可能出现书库里有几十万册，好书好多，就几毛钱一本的场景。为此，胡从经还经常做梦，回到那个时代，高兴得不得了。但是他也知道那个时代永远都没有了。"我不喜欢把书当作古董式地拍卖，周作人很普通的书都拍到几千块钱。"对于现在流行的拍卖，胡从经说的时候心里有点儿怵，他顿了一下，"不知道了，可能拍卖的书确实也值这个钱吧。"胡从经直言，现在已经没有当年藏书的乐趣了。

胡从经的这番话使我想起唐弢晚年说过的："我对书的感情已经渐渐淡下去、淡下去……不仅没有兴趣买书，而且没有兴趣读书。我感到的无力是真正的无力。对于书，看来我实在有点儿疲倦了。天！为什么我觉得那样的疲倦，我会觉得那样的疲倦呢？"（出自《我与书》）

其实，我能感觉到，胡从经失去的只是"淘书的乐趣"，唐弢则完全失去了"生命的乐趣"。

"聚散无常，多藏厚亡"总归是收藏与人生避不掉的宿命。唐弢藏书最终捐让给现代文学馆，这是大藏书家较为理想的归宿。当然，社会观念的变革，捐献或捐让已不再深入人心，及身散之，也不再只有一条路可走。我的观点，有一个大前提，作为收藏家的您，您的收藏得让公立机构看得上，得值得拍卖公司单独给您上个专场，一句话，既有量又有质。

回到胡从经的本场拍卖。据我所知，胡从经的专场拍卖，既非"及身散之"，也不是什么常规的缘由，总归不是人们所猜测或惊诧的"这么早就舍得把一辈子的收藏卖掉"？除了中国书店的专场，稍晚些时候，嘉德也有"胡从经先生珍藏近现代墨宝"的拍卖，不过拍品仅十余件（赵朴初、赖少麒、费新我、茅盾等）。相比中国书店拍卖胡从经的主角席位，嘉德的十余件可谓"大巫之小巫"。

胡从经专场分两个部分，共有标的 600 余件。第一部分为胡从经师友书简及名人手迹 300 余件。第二部分为以鲁迅为首的新文学绝版书及名家签名本 300 余件。以我的判断，胡从经此次拿出来的藏品，以数量来说，只是"冰山一角"。

拍卖预展期间，据我的观察，京城所有新文学爱好者及藏家尽数前来"探班"，互相之间打招呼，以免竞拍时"自家人不认自家人"。我个人对新文学绝版书收集早已不抱希望，所以专心观察胡从经的"一千多种文艺期刊"（胡从经与唐弢均发愿撰写"现代文学期刊史"）放货了没有。胡从经只拿出了几件期刊，虽然少，但都是精品呀！《青年杂志》创刊号

（拍了 66700 元）、《真相画报》第一期（拍了 36800 元）、《银灯》第一号（拍了 32200 元）、王国维旧藏《新华周刊》全份十期（拍了 28750 元）。

在师友书简中，茅盾是第一大名头，拍得 356000 元；叶圣陶次之，拍得 46000 元；曹靖华名头不如前两位，但由于件数多（89 通 143 页）拍得 126000 元；藏书家赵景深 37 通 37 页，拍得 57000 元。近乎半数的书札流标，究其原因，也许是名头不够，也许是内容寡味。我个人之见，好的书札有一个硬指标 ——不管是毛笔还是钢笔，字必须写得漂亮，现当代作家绝大多数是一笔烂字，直接影响了成交率。

也许是巧合吧，新文学版本藏书两大家唐弢和姜德明的书札，成捆地出现在专场，唐弢是 103 通 135 页，姜德明是 23 通 31 页（16 通带信封）。藏书家之间的通信，自非一般应酬文字，这是要感谢主办者的细心，给某些信作了释文。唐弢迁居北京后曾托胡从经在上海找书，那样的觅书细节真令书迷们神往。好奇之心人皆有之，书信中的"月旦人物"随着往事如烟也伤害不到什么，而如"倪某极圆滑""施某态度甚坏"云云，自不必过度索隐，反倒显得庸俗。

相对于书简的拍卖波澜不惊，新文学绝版书的竞拍可谓异常惨烈，许多成交价超过估价几十倍，像脱缰之野马，义无反顾地往上冲。有些书拍出高价虽略感意外，但尚能理解，毕竟现如今是"亿元时代"啦，如86250元的《呐喊》、55000元的《彷徨》、20700元的《朝花夕拾》、41400元的《红星佚史》、74750元的《故乡》、43750元的《穆旦诗集》等。而像18400元的《故事新编》、21850元的《华盖集》、20700元的《华盖集续编》、18400元的《南腔北调集》等，就令人看不懂，也许"萝卜青菜，各有所爱"吧。

成交率和成交价最理想的还要数签名本，尤其是上下款均为名家的签名书。叶紫签名之《丰收》，书品差甚，封面油污最致命，居然拍得23000元；周作人赠沈尹默《瓜豆集》以74500元成交，创本场单行本第三高价；茅盾签赠胡从经《春蚕》，也许由于签的年头较晚（1980年），只拍到11500元。可是同年同月茅盾签名送给胡从经的《印象·感想·回忆》，却多拍了一倍，达24150元。由此可知，买家的动机最难捉摸，还是那句老话解释得好："各花入各眼，各耳听各言。"

有一件蹊跷的事情顺带一提，《初期白话诗稿》是当之无愧的新文学珍本，拍得36800元，《柘园草》里胡从经以"新诗人的鸿爪，先行者的足迹"为题，讴歌了它，并记下自己的心情："最近在书海中觅得，欣喜地亲灸了这本渴慕已久的珍籍。"可是，预展时，几位书友均亲手翻检此书，发现有缺页及重新装订后造成的页码顺序颠倒。

"柘园藏珍专场"创下的另一纪录是"时长",竟然从中午 12 点竞拍至晚上 9 点。我以前在《收藏拍卖导报》上写过一篇《拍卖已是体力活儿》,不想十五年后又应验了。

2017 年 6 月 26 日

人生如大考，大考如人生

人生如大考，大考如人生。

1977年恢复高考，对于那一代人来说，可谓一次改变人生命运的大考。

张爱玲说："大考的早晨，那惨淡的心情大概只有军队作战前的黎明可以比拟，像《斯巴达克斯》里奴隶起义的叛军在晨雾中遥望罗马大军摆阵，所有的战争片中最恐怖的一幕，因为完全是等待。"（出自《小团圆》）

做学生时，我只经历过幼儿园升小学，小学升中学的考试。"幼升小"实际用不着什么考试，但是得有老师的一纸评语，我的评语是民国第一总理熊希龄的侄女熊秀琴老师给写的，也许可算作我人生中的唯一殊荣。小学升中学，是人生的第一次"大考"，我却考砸了，被分配到北京最差的一所中学。初中毕业那年，高考停止，上山下乡去了内蒙古的农村。

刚刚下乡的那段时间，新鲜感尚未飘散，扎根农村一辈子的思想尚算牢靠。可是没过两年，一部分知青被招工，离开了艰苦的农村。这下子留在农村的知青慌了，人心便涣散了、动摇了。说来我还是我们村第一个被选中招工的知青，经过体检和政审，被莫名其妙地刷下来，而我们知青户与我同去的四个知青却全选上了。所谓"莫名其妙"，我心里是门清的，自己家庭出身不如那几位知青。这次未经考试的大考，锻炼了我的承受力，以后的挫折还多着呢。

1975年夏天，还在农村苦熬岁月的我等来了另一次大考。当年的时代背景是，国家要通过文化考试招收一批知青上"工农兵大学"，著名的张铁生"白卷事件"即是这个背景的产物。这一年还有个重大情况让人分心，有些知青通过"病退"离开农村，把户口调回了北京，剩下的知青也打起了"病退"或"困退"的脑筋。我又想打"病退"的主意，又不想放弃近在眼前的"报考"。进退两难呀，而且这次考学不大看重家庭背景，很容易考上，考上可就回不了北京啦。远在青海的父亲不大了解情况，来信鼓动我"报名考学"。这一年7月21日日记："爸爸今天来信，让我只管去（考学），他并不十分了解内情。七八年了，就混个库伦师范，不像话，让人耻笑，真让人左右为难。不管怎样，何去何从，马上就要决定！"

几天后，7月30日日记："本来今天可以去报考，却阴雨连天了。下午接到公社电话让我去。三点半冒着大雨徒步三十里赶到公社。没有什么阵势，只写一篇批判'读书做官论''读书无用论'的作文便完事了。"写的时候，我忽然冒出了交白卷的念头，想诉苦称在农村干活拼死拼活，哪有时间读书，等等（当时并不知道那个交白卷的"英雄"张铁生）。

9月14日："中午王静学回来了，告诉我录取的是库伦师范，王与吴没录取。终于有了结局，库伦师范！库伦师范！一点儿也没超出意料，而且还是我一个人。"心情极为矛盾，今天才理解矛盾的痛苦，我大概要抗拒不去。

因为我考取而退学，几个月后当我申请"病退"之时，公社领导不给盖章，那位领导训我："考上库伦师范你不去，要是吉林师范你就去了吧！"意即我看不起小县城。

这次退学最终因祸得福，1976年2月，我病退成功，户口调回了北京，从而见证了一年后载入史册的"恢复高考"。

回到北京之后几个月，我就被分配了工作。在农村时，我们曾议论，只要能回北京，给个扫大街的工作也干，可真回了北京，就有了高低卑贱之分了。分配给我的工作是伺候人的工作，当初我还是欣喜地去上班了。我从事的这个行当，根本没有文化学习的氛围，所以1977年恢复高考的好消息，在单位一点儿积极的反响也没有。我虽然略有心动，却不敢表露，怕被扣上不安心本职工作的帽子。同时还有一个心思，自己的实力不够考正规大学，初中毕业，中间又荒废了自学。

虽然没有胆量报考，但是心中"我要上大学"的火种一直没有熄灭。父亲在一次吃饭时甚至为五个孩子无一大学生而失态痛哭。

再过了几年，成家生娃，老婆孩子热炕头的生活磨平了锐气，如果没有正规大学之外"成人教育"的强劲东风，我会浑浑噩噩地混日子下去。成人教育形式灵活，大致有"电视大学"（电大）、"职工大学"（职大），以此类推还有"函大""夜大""业大"，俗称"五大"。对我报考职大起促进作用的是，我的弟弟及几个同学此时已考入职大。

1985年2月，我的"大考"计划启动。第一步"报考"就遇到了难题，单位领导说什么也不给我盖公章，原因我就不在这儿说了，反正不给你盖。但最后我还是报上名了，上学又不是参军。我当时暗下决心："必须考上争口气！"

一边上班，一边顾家，一边复习功课，苦不堪言啊，幸亏年富力强，心中又憋着一口气，我居然在短短几个月内将高中课程拿了下来，"函数"这门课最让人头疼。"数学"用了一个月，"地理"和"历史"用一个月，"语文"和"政治"各半个月。

大考之日，即4月21日日记："早上六点半起床，不用等闹铃叫人。自从六三年小学考初中以来，我还是第一次参加重大考试，心情紧张。八点多到了红塔商场对面的一一二中学，考场在四楼。八点三十分开考语文，时间不够用，作文仅剩下四十分钟。中午小睡片刻，再赴考场。拿到地理试卷后，我就呆住了，考的题目和我温习的重点对不上。政治题目倒是对我路，可能考得不错。"

又紧张地复习了一周，弟弟及时送来先于职大开考的电大试卷，至少挽救了我30分。4月28日日记："今天考了数学和历史，弱项完成得不错，历史题也出到我手里。关键在于6月1日看成绩了。要做好落榜的思想准备，一帆风顺从不是我的命。考完了，真轻松，我可以看看闲书了。"

5月30日日记："阴沉沉的天。早上八点到月坛中学——这个决定我后半生的地方。分数榜也许早几天就公布了，我还傻等着呢。终于看到了那几个不同寻常的阿拉伯数字48、68、61、51、53，总分281。回想起二十三年前的升中学考试，我失败了，两年前的大雨中赴考不算数吧，而今录取分数线是280分，我以一分险胜！"

四年的职大学习，仍旧是一边上班，一边顾家，一边上学。四年中我没有休息过一天，因为我上学领导不批，所以只能将休息日拆成两个半天去上课。四年后，我拿着毕业证书给领导看，半年后，领导升迁了我的岗位。他对我说，当初不批你报考，是因为知道你准能考上！

2017 年 5 月 1 日

學文

IX - 4

文 學 社

史称"三十年代第一刊"的《文学》杂志，如果不是可恶的战争，还会长久地生存下去，可惜《文学》出到 1937 年 11 月被迫停刊。最后两期篇幅大为缩小，开本也小了一半，全失《文学》伟岸挺秀之貌。《文学》杂志"战时版"极其罕见，首次露面，作为书主，我甚感欣慰。

慈寿寺永安塔位于北京西八里庄，今寺废塔存。西八里庄原有周肇祥所谓"门状城堡"，今亦不存。

演员石挥的作品《天涯海角篇》《〈秋海棠〉演出手记》《一个演员的手
册》（译作）于《杂志》上连载。

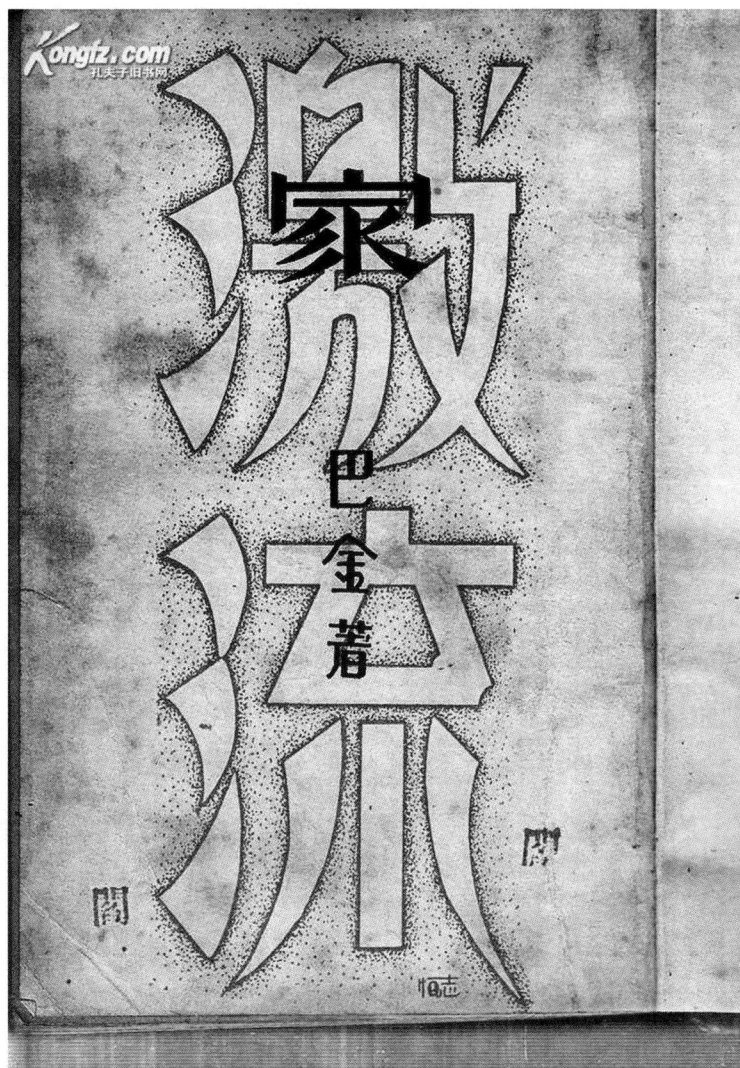

巴金传世之作《家》的 1933 年开明书店初版本，世所罕有，巴金藏书
里也失存初版本。后来各版《家》的封面都没有初版漂亮。有书友称
老谢的藏书，只有这本《家》和张爱玲《流言》初版本值得他出高价。

三十年前搜集旧书刊之初，各种《万象》杂志收罗了十来种，多为小开本，唯有这本《万象》是八开大本，封面装帧出自美术家张光宇。

冰心的诗集《繁星》和《春水》的早期版本都受到旧书市场追捧。寒舍所存虽非初版，可是封面未改而且是毛边本。黎锦熙的《国语四千年来变化潮流图》将胡适《尝试集》、冰心《春水》、徐志摩《志摩的诗》列为"可代表体制变迁者"。

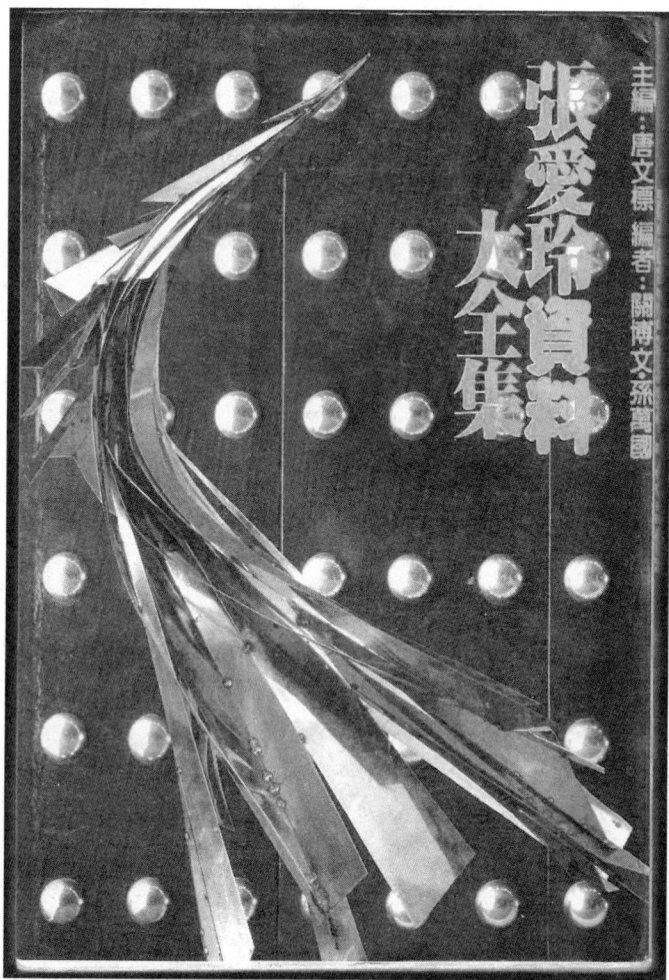

唐文标所编《张爱玲资料大全集》书影。1985年6月9日，"柯元馨请发财车送那四百本书去台中，司机把书搬到老唐家楼下门口就走了。他太太邱守榕去彰化师大上课，老唐一个人搬上楼。患鼻咽癌多年，老唐不改堂吉诃德精神，一趟又一趟地搬搬搬。照过钴六十的鼻咽癌伤口，承受不住重力压挤，进而出血不止。十日凌晨三点半，老唐在台中荣总去世了"。

《天才梦》里张爱玲写下"兀自燃烧"的句子："生命是一袭华美的袍，爬满了蚤子。"1976 年张爱玲说："我的《天才梦》获《西风》杂志征文第十三名荣誉奖。征文限定字数，所以这篇文字极力压缩，刚在这数目内，但是第一名长好几倍。并不是我几十年后还在斤斤较量，不过因为影响这篇东西的内容与可信性，不得不提一声。"

我的淘书日志记着：1998年3月14日，星期六，大风。这天于西单横二条中国书店购得《大家》合订本，看来我与张爱玲初发刊真的有缘。说起当天的情景，犹为之神旺，张爱玲称出名要趁早，淘买旧书也要趁早，年纪轻轻体力好。是日大清早五点钟出门，倒三趟公交到潘家园，买书刊七十余册，然后坐公交赶到西单横二条购得《大家》及二十余册杂志，然后坐三轮车赶到琉璃厂来薰阁购民国版《蕉窗话扇》，最后拎着三大包书刊打车回家，竟然忘记午饭什么时候吃的。

齐白石题写刊名的《立言画刊》。按照李镇先生所编《石挥年谱》，石挥的处女作应该算作 1939 年 7 月 1 日发表于《立言画刊》第四十期的《一部演员的话》。石挥说："上帝给予人类以爱的启示，但永远不给予人类爱的满足，杜作直对高洁茵的要求是个不人道的要求。我最同情杜艾民在爱情上的嫉妒。"

文叢

中華民國二十八年一月初版

第二卷·第五六號

靳以主編

文化生活出版社總經售

《文丛》的最后一期"第二卷第五六号合刊"书影。巴金在"写给读者"里说："这期刊物是在敌机接连的轰炸中编排制版印刷的。倘使它能够被送到诸君的面前，那么诸君可以相信我们还活着，而且我们还不曾忘记你们。……倘使这本刊物能够安然到达诸君的手中还希望你们牢记着弟兄们的这样的嘱咐。一月五日在桂林。"

《新民声半月刊》创刊号书影。周作人与沈启无之间的"破门事件",到底因甚而起,说法不一,但有一点无可置疑,那就是沈启无化名"童陀"于《文笔》周报发表《杂志新编》是导致周作人大怒而发表"破门声明"的关键所在。至为可惜的是,《文笔》周报谁也没有见过,公立图书馆也无一家存藏,致使研究者怀疑当年是否有过这么一本《文笔》。《新民声半月刊》发表了柳西夷的短文《和〈文笔〉的初面》,从而证实《文笔》周报实实在在来过世间,只不过它太小、太薄,说不定夹在哪本厚书里等着某一天被"发现"。

《谈风》杂志书影。创刊"缘起"里这段话半实半虚颇可玩味："凑巧在这时以前不约而同在一道写文章的人，渐渐分散，有的自起炉灶，研究不欠稿费；有的自办专刊，研究太平文史；有的自费出国，研究西洋幽默；有的自己理家，研究油盐柴米；有的照管婴孩自己药片，研究生产统制。"

精装，带护封，带玻璃护纸的《今古奇观》旧版书，甚罕有。封面画为"杜十娘怒沉百宝箱"。

《世界画报》报道了 1935 年 3 月 16 日发生在古城北平的一起非常轰动的"桃色案件",三位主角同框。

现代日本藏书票

霝凤

日本第一张西洋风的藏书票

TOKIO LIBRARY. FOUNDED BY MOMBUSHO 1877. Class Ⅵ Case Ⅳ

明治初年日本风的藏书票

西洋藏书票的输入日本，那还是明治初年的事。在这以前，日本的受书家，是和中国的受书家一样的，在线装的书上仅仅钤着「某某藏书」的朱红的印章，是无所谓「藏书票」（Ex Libris）的。即有，也了。

夏目漱石、内田鲁庵等，名画家如石井柏亭、织田一磨、川路柳虹等，对于这种特殊的书物趣味部极力的加以提倡，于是，在大正初年，在著名木版彫刻师香取绳波氏的计划之下「日本藏票会」终于成立了。

根据现代日本藏书票研究专家齐藤昌三氏的记载，「日本藏票会」成立以来，从大正十一年到昭和三年，一共举行过五次藏票展览会。此外，齐藤昌三氏也曾将私人的蒐集品举行过两次展览会。而在去年，藏票家小塚省治等又成立了一个「日本藏票协会」，开始刊行「藏票趣味」杂志，畑佃会员们的作品集。

虽不能如先进的欧美那样普遍的流行，「但是比起连「藏书票」这名辞还很生疏的中国，却不可同日而语了。现代日本的藏书票，利用他们专长的木版印刷，是另有一种雅緻的东方风趣的。

不过，第一篇正式的将藏书票介绍给日本受书家的文字，都还是三十年以后的事。在明治三十三年十月号的诗歌杂志「明星」上，因为介绍那时期到日本来的奥国藏书画家奥涅克氏（Emil Orlik），于是藏书票的起源制作及使用方法，才为日本人士所知道。从这以后，藏书票开始在日本的文艺界和受书家的手下活动起来。当时著名的文艺家和受书家如市岛谦吉，

（译自昭和现代月刊四卷二期所载「藏票谈」之话。）

小塚藏书

EX LIBRIS Seien Bunko

小塚省治作

藏书票

日本藏本票会

牛田一男作

EX LIBRIS T.NAKAYAMA

织田一磨作

叶灵凤撰写藏书票文章的原发刊，计有《现代》杂志第四卷第二期（1933 年 12 月），题目为《藏书票之话》；《万象》杂志创刊号（1934年 5 月），题目为《现代日本藏书票》；《文艺画报》第一卷第二期（1934 年 12 月），题目为《书鱼闲话》；《太平》第二卷第十期（1943年 10 月），题目为《完璧的藏书票》。

《文艺画报》由叶灵凤和穆时英编辑。鲁迅与叶灵凤乃一对冤家,鲁迅
每见叶氏有新动作,必予以痛击而后快。1934 年 10 月 10 日《文艺画
报》创刊号面世,10 月 25 日鲁迅即挖苦开来:"'中国第一流作家'叶
灵凤和穆时英两位先生编辑的《文艺画报》的大广告,在报上早经看
见了。半个多月之后,才在店头看见这'画报'。既然是'画报',看
的人就自然也存着看'画报'的心,首先来看'画'。不看还好,一
看,可就奇怪了……"这张《文艺画报》的封面木刻画为世界名著
《呼啸山庄》的十二幅莱顿木刻插图中的一幅。

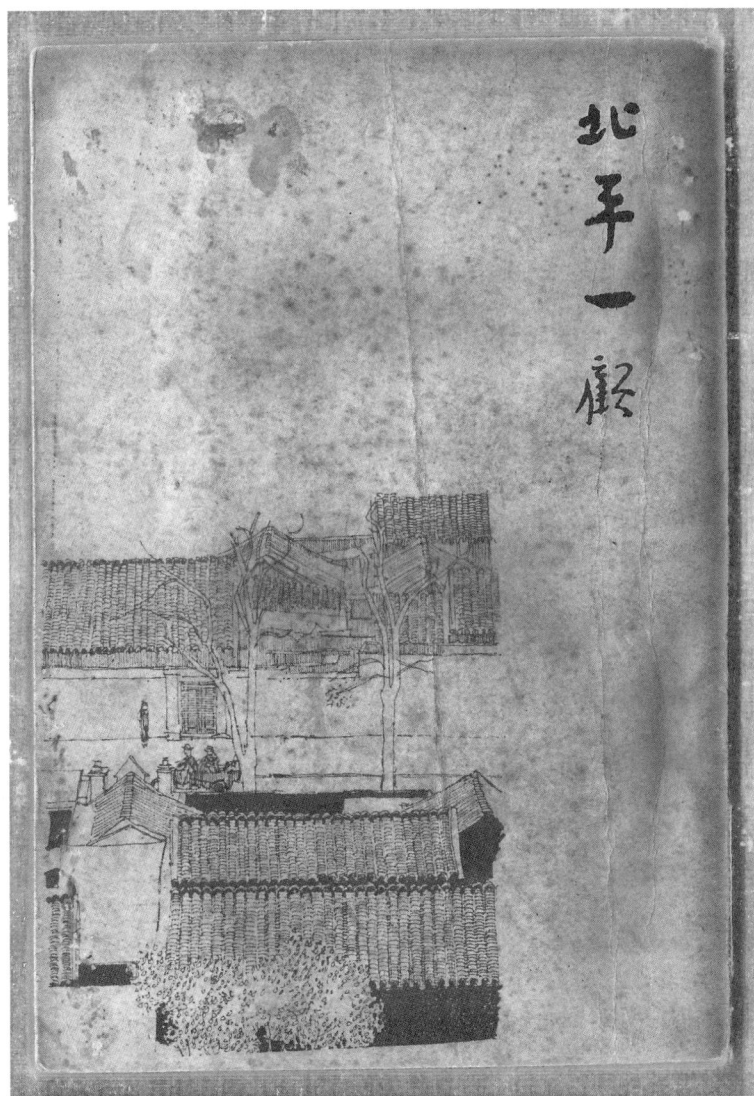

我看走眼的翻印本《北平一顾》。其实原版《北平一顾》书架上早就收有一册，还是精装本。

《作家》杂志里竟突现一篇《西方的书籍爱好者》(作者许竹园另于第
二卷第一期写有《装帧杂话》)。我爱读关于藏书的文章,中国彼时成
百上千的文艺杂志,关于藏书的文章却为数极少。

以"读书"命名的旧刊物很少，南京却占有一份。《读书》杂志甚罕有，寒舍却有幸收存全份。就算到了电子版横行的网络时代，这本《读书》杂志的文献价值也无法被超越。电子版的民国刊物我见识过许多，可谓"缺头少尾，漫漶混沌，毫无美感，不忍直视"。

桃花运，桃花劫？

桃花，给人的意象总是春风拂面般的美好。桃花入诗，我随口能背出几首，如李白的《赠汪伦》："李白乘舟将欲行，忽闻岸上踏歌声。桃花潭水深千尺，不及汪伦送我情。"如崔护的《题都城南庄》："去年今日此门中，人面桃花相映红。人面不知何处去，桃花依旧笑春风。"

李诗深情，崔诗情深，表达的是人性中美的一面。

世间万物无一不存在多面性，美艳如桃花者，也不例外。诸位也许听过了太多"桃花运"的故事，好吧，我来讲一个"桃花劫"的故事。先声明，不是煞风景，也不是给诸位添堵，这是一个真实的故事，各花入各眼，您自己思考，我只管讲故事。

话说1935年的北平城，六年前因为政府定都南京，一笔写不出两个京，北京只好改回叫"北平"，名字改了，内容没改。这一年的春天，桃花尚未盛开，古城已从寒冬里复苏，表面上一切平静祥和。突然间，3月16日上午十时许，志成女子中学响起了枪声，啪啪啪……一连七响，志成女中的教师滕爽（女）倒在血泊里丧命。开枪者刘景桂，也是个女人，杀了人之后倒没有"逃逸"，从容地拿着枪走到大街上"寻警自首"。

书声琅琅的校园，突发枪杀案，顿时震惊了北平城，这到底是怎么一档子事呢，两女子有啥深仇大恨，以致使枪动棒？且听我慢慢往下说，先透个剧，两个女子中间还夹着个男的呢，桃花运演变成桃花劫！

先来简略介绍这两女一男的情况。

刘景桂，宣化人，二十四岁，北平北华美术学校毕业，家住北平东四十一条。

滕爽，女，1934年到志成女子中学任体育教员，月薪100元。

逯明，宣化人，三十四岁，平绥路下花园公务员，家住北平宗帽四条。

这三个人是怎么搅和到一起的呢？且往下看。

案发时，逯明未在现场，可是警方为何以"妨害风化罪"起诉他呢？逯明是交了桃花运，还是"脚踩两只船"？真够乱的，扯不清，理还乱，我自己都有点儿晕。只好先排个逯、滕、刘之间的婚恋时间表，看看乱子出在哪里。

一、逯明经友人滕树毂函介与其妹滕爽于1931年在张家口相识，订有口头婚约。1933年11月1日，逯明、滕爽在北平结婚。

二、逯明经友人张选阁介绍于1933年4月2日在宣化张选阁家与刘景桂相识。4月11日，刘景桂、逯明订婚。1934年1月13日，刘景桂、逯明解除婚约。

三、逯明曾有妻室，1930年离婚，生有一女（1935年时已十一岁，住北平宗帽四条）。

这个逯明，还真是交了"桃花运"，说得再俗一些，就是有"女人缘"。逯明并非碌碌无能之辈，相貌堂堂，还是个体育健将，还参加过全国运动会呢。

这上面有两个事实：一、逯明认识滕爽在先，认识刘景桂在后。二、逯、滕口头婚约在先，逯、刘订婚在后。后面的剧情是如何反转的呢？

请诸位看仔细，1933年4月11日逯、刘订婚，订婚似乎比"口头婚约"来得牢靠吧，先走一步的滕爽倒落了后，用鸠占鹊巢比喻刘景桂显然理由不足，滕爽是否失算，当嫁不嫁，让刘景桂有了可乘之机？听听逯明怎么说的："我曾三次向滕爽请求早日实现夫妻关系，可滕爽一直不给我明确答复，所以我改变主意另谋对象，正巧遇到旧友张选阁，他知道我的处境后便介绍刘景桂给我认识。见了两面之后，我们就订婚了。"

这下轮到滕爽着急啦，听说逯明和刘景桂订了婚，滕爽马上给逯明写信说明不愿早日成婚的苦衷："经济尚未独立，不忍增加家庭的负担。"一听此言，逯明又觉得是误会了滕爽，再加上逯明的父亲坚决反对儿子跟刘景桂结婚，致使逯明的立场来了个一百八十度转弯，立马与刘景桂解除婚约。（订婚容易解婚难，要摆脱刘景桂，难！）要说这逯明的爹也够强势的，声称："不与刘景桂断了，咱们父子关系就断了！"您早干什么来着，您儿子第一段婚史或许也是您干涉搞砸的。是的，您是遂了愿，称了心，天大的祸事，您儿子毫发无损，但您两个儿媳，一过门一没过门，一死一入大牢。

文戏收锣，武戏开打。

出局的刘景桂岂肯善罢甘休，她要搅局，闻知逯明与自己悔婚，心生一计，抢在逯明与滕爽正式结婚之前，多次勾引逯明得手，虽得一时鱼水之欢，却暗伏凶机。逯明与滕爽结婚之后，时间来到了1934年3月，刘景桂发出给已婚的逯明的第一封情书，呵呵，胆子真大，她也不怕滕爽知道，要逯明好看！第一封逯明没回，也许是不敢吧。几天后，刘景桂又发出第二封情书，言辞更火辣，逯明回了信，等于旧情复燃。几天后，刘景桂发出第三封，直接约了："敝校不便何处可也？"紧跟着第四封信，口气简直是以死相逼："我这次的别也许是永远的别！"说来，逯明的情书更像情书，火辣程度不下刘景桂，全然忘了自己是有妇之夫。逯明的情书水准之高，竟然得到鲁迅二弟周作人的表扬，知堂老人虽然也说了："这种名称（'桃色惨案'）我最不喜欢，只表示低级趣味与无感情而已。"

如果说逯明是用情不专的浪子，那么刘景桂则是用情专一的痴女子，天下树何其多，但我刘景桂非吊死在逯明这一棵树上不可。

刘、逯之间几十回合的情书大战，最终凝聚成反作用力——由爱生妒，由爱生恨。刘景桂选择了最极端、最愚蠢也是最可怕的报复手段：杀死滕爽，让逯明也尝尝失掉爱情的痛苦。刘景桂后来供述，她原本是想用刀刺死逯明的，但是忌惮逯明身强力壮，所以转而购枪杀害滕爽，以泄怨恨。

"大风吹倒梧桐树，自有旁人论短长。"何况这么个惊天大案，奇谈怪论在所难免，居然还有一种混账论调称："滕爽柔弱忠厚的性情，正是她致死的原因。"漫画家余所亚的这幅漫画，以轻佻的语气代表了众看客的卑下："景桂（体育家的情人），噢！我懂得了，体育家是要被许多女人所爱着，不，大家爱了，这又有什么稀罕呢？！"

历史学家傅斯年傅胖子的夫人俞大彩，看不下去这些胡说八道，她在胡适主编的《独立评论》上发表文章《论刘景桂杀人案》，有理、有力、有据地进行驳斥，眼瞅着这桩越走越歪的桃色案件，这才回归到理性的法治正道上来。洋人也掺和进来了，英文版《北平时事日报》和《青岛泰晤士报》均有社论评述这桩案子。

2017 年 2 月 16 日

幸福的书房都是相似的

如果将书名里带"书房"的书专门挑出来，我一下子能够拿出十来本，最新的是今年才出版的《上书房行走》（韦力著，海豚出版社 2017 年 7 月出版），去年的《我在书房等你》（黄岳年主编，古吴轩出版社 2016 年 7 月出版）。除此之外，喜多川泰著的《书房的钥匙》也是去年出版的。早几年的还有江晓原著《老猫的书房》、董宁文主编《我的书房》、薛原主编《如此书房》、高信著《书房写意》等。1944 年知堂老人的《书房一角》，我不知道是否应算作第一本"书房书"，因为没有见过更早的版本。每个人对于"书房"的理解不一致，有的朋友也许能够拿出更多的"书房书"。

"仓廪实而知礼节，衣食足而知荣辱。"如今我们大谈书房，还不是因为住房宽裕，蛮可以专辟一间来当作书房了嘛。想想伟大如鲁迅都没有专门的书房，我们今天却普遍实现了

"书房梦"，那些宁肯要大而无当的客厅，也不肯让出一点面积给书房的人家则另当别论。梁实秋曾说："一般的读书人，如果肯要一个书房，还是可以好好布置出来一个的。有人分出一间房子养鸡，也有人分出一间房子养狗，就是匀不出一间当书房。我见过一位富有的知识分子，他不但没有书房，也没有书桌，我亲见他的公子趴在地板上读书，他的女公子用块木板在沙发上写字。"（出自《书房》）

其实就算是在发达的西方国家——"自 14 世纪起，英国领地的大部分封建主都已能读书识字。到了 16 世纪，很多封建主都有了一些藏书，数量从十几本到上百本不等，不过要等到 18 世纪，才流行专为藏书辟出一室。"（美国埃斯特尔·埃利斯《坐拥书城》）

我没有劝谁的意思，书房毕竟不属于生活必需品，想要就弄一间，不想要就不弄。一间干净的卫生间或一间宽敞的厨房也能像书房似的给生活带来欢愉。天才如张爱玲，就没有书房，甚至连个书柜和写字桌也没有——"张女士的起居室内有餐桌和椅子，还有像是照相用的'强光'灯泡，唯独缺少一张书桌，这对于一个以笔墨闻世的作家来说，实在不可思议。我问起她为什么没有书桌？她回说这样方便些，有了书桌，反而显得过分正式，写不出东西来！我想起自己见识过的留美学人或者作家的书房，千篇一律一张四四方方大书桌，四围矗立着高高低低的书架，堆满了书，中、西文并列。只有张女士的书房例外，看不到书架和书桌。"（水晶《蝉——夜访张爱玲》）

我上面所说的"书房书"，除了《书房一角》，或多或少都有些"过分正式"，望之俨然，甚至煞有介事的矫情。古谚云："穷则酸，富则俗。"如今拥有一间书房已不值得夸耀，我们应该更多考虑使用好书房，生产出有益于精神文明的文化作品。某些楼下楼上皆书房的阔主儿，他们的书房产品，令人掩鼻疾走，实在不足为训。

"书房书"多为自述自家书房，幸福的书房都是相似的，不幸的书房各有各的不幸。书房的成长和扩张，多以牺牲家庭其他成员的生活空间为代价，书房主人常常为此自责。"十年前单位分配给我一套两居室，这再次刺激了我买书的神经。那时妻子生了女儿，生活空间不足供用，我把她们送回了娘家。为此，我一直愧对她们，妻子的理解也至今让我感动。"（赵龙江《我的书斋》）"还有几柜子书搬不进来，只好摆在过道和主卧室。原因是我不可能独占一间，一家人还要生活，小我必须服从大我，总不能为了一己私利，不顾别人死活。"（谭宗远《从无到有，从有到无》）据我观察，书房主人多为男性，他们打着"书是人类最好的朋友"旗号，理直气壮地蚕食家庭空间，女性总是宽容忍让的一方。不妨换位思考一下，女人如果成天往家里买衣服，十几个衣柜或单独占一间屋子存放衣裳，男人能忍受吗？

《上书房行走》是一本很特殊的"书房书"，是一个人面对四十二家私人书房的实地采写。由于本书作者韦力，乃今世首屈一指的大藏书家，所以私下里我开玩笑说："这是大藏书家居高临下地采写中小藏书家，只有他能够叩开那些秘不示人的私书房。"好奇之心，人皆有之，别家书房，欲一窥究竟，《上书房行走》恰好满足了我们的消费心理。此书另具他书所欠缺的一大优势，那就是丰富的书房照片，广角的、细部的，应有尽有。

四十二家书房，可称之为小康生活的幸福指南，也可看作是阅读指数的幸福程度，真是过去做梦也想不到的富足。回过头来看看20世纪80年代，《读书》杂志封三是"作家书房"专版，尽是冰心一级的大作家书房照片，可是用今天的眼光来看，只能用清贫或寒酸来形容。除了书房面积、陈设、书柜、书桌昔不如今之外，还有一个巨大差距，如今的书房多以电脑代替了笔耕，唯一不变的是，纸质书仍旧是书房的主角。预言家越是叫嚣纸质书终将消亡，坚守的纸质书书房愈显可贵。

《老猫的书房》是很有意思的一本书，以书房为主线，讲述作者的阅读史、淘书史、著述史和学术史，有点儿半自传的性质，文笔风趣，小故事居多。我很少一口气看完一本书，这本书用了两个晚上看完。我有整齐癖，见不得一点儿乱，不管有多少书，绝不允许一本东倒西歪，有人说这是"强迫症"。我在《老猫的书房》里找到了知音，一排排图书码放之齐，如同大阅兵般的仪仗队。喜欢读一本书，并非意味着完全赞同作者的喜好，老实讲，我与作者在阅读趣味上截然对立，我不读武侠和科幻类的书，可是这不妨碍我欣赏江晓原钻研棋书的才华。

书房的主人们在幸福中也有一些轻微的苦恼，比如常常有朋友向你借书，且以你书多为理由"借而不还"。更多的情形是，访客会用怀疑的口气问同一问题："这么多的书，你都读过吗？"此外，书房的面积与图书的增速，永远是解决不了的一对矛盾。

2017 年 11 月 4 日

《谈风》的口号"不欠稿费！"

　　这些天我读《谈风》杂志，其间忽然受到其他材料的干扰，平复之后决定还是先写《谈风》。我以前说过，材料往往在文章发表之后出现，这回又是如此。写过好几次《谈风》，多是泛泛之谈，虽然这回仍不免泛泛，但我争取写深入一点儿吧。

　　《谈风》于 1936 年 10 月 25 日出版第一期，全称《谈风幽默半月刊》（用了几期之后，"幽默"两字即弃用，"半月刊"也改月刊了）。周黎庵（1916—2003）在"编后赘语"里写道："今年 6 月中，我过了两个月的旅行生活，途中和海戈兄通讯，才决定要办一个刊物，我拟了'风雨谈'这个名字，海戈兄以为不妥，涂去了'雨'字，把剩下的两个字颠倒一下，便成了'谈风'，大家觉得这个名字很好。"说来也巧，如果用了"风雨谈"，那么 1943 年柳雨生的《风雨谈》杂志就得另起名字了。

将《谈风》的版权页与同时期的《宇宙风》版权页放一起，我们可以看出两者之间的微妙关联。

《谈风》编辑者：浑介、海戈、黎庵。发行人：周黎庵。总经销、总代定：宇宙风社。印刷者：中国科学公司。

《宇宙风》1936年11月1日第二十八期，编辑者：林憾庐、林语堂、陶亢德。发行人：陶亢德。发行所：宇宙风社。印刷者：中国科学公司。

也就是说，《谈风》用的是宇宙风社的发行渠道，连电话都是一个号"二二五九七"。是不是同在宇宙风社址"上海愚园路愚谷村二十号"一起办公，我不得而知。

刚刚得知的新材料是，《宇宙风》乃林语堂与陶亢德各出250元，总资本500元创办的。陶亢德1943年为《风雨谈》的创刊号写有《谈杂志》，内云"自民国二十年起到三十年为止，我所参与过的、共同发起的、主编的、一手创办的杂志，仔细算算已经十又四个了，其中除一二个之外，其余的可说与我都大有关系"。这里的"一手创办的杂志"应该就有《宇宙风》。我以前将《论语》《人间世》《宇宙风》统统归在林语堂的名下，是很不对的，有一个严重的误判下面将会讲到。

海戈即张海平，浑介即何文介，我对这两位的生平及著述远不及对周黎庵知道得多，所以本文题目只好由年方二十的周黎庵来挂帅，没有忽视张何两位的意思。至于这三位是否像林陶似的平均出资开办《谈风》，我也是不得而知。周黎庵后来出了七八本书，只字不提《谈风》。

海戈于《谈风》"缘起"中透露，"而彼时实未敢确定如我们未曾出过单行本的几个人，果能办出杂志，亦未敢断言几位认识与不认识的幽默小品作家，能够同我们合作"。周张何三人岁数相加，也不过六十，嫩是嫩了点，但是他们很聪明，第一招是打出旗帜，"殊感幽运不振，而默道颓唐"。让读者相信"西人主张一个坚强的民族，应当有健全的幽默"。第二招是拉拢老牌幽默小品作家来壮门面。

第二招立竿见影。周黎庵于"编后赘语"里讲："首先感谢的是知堂先生和其他赐稿的先生们。知堂先生给我们题了许多字，老远从北平航邮过来，而且第一个寄给我们稿子。"《谈风》刊名是周作人题写的，里面的栏目"半月志异""月旦菁华""谈锋""幽默文粹""语林""书评""海外轩渠录"均为周作人手迹。如果说幽默小品文刊物，林语堂是开路先锋，那么主帅非知堂老人莫属。

盘点周作人为《谈风》供稿：第一期《结缘豆》、第四期《瓜豆集题记》、第六期《关于谑庵悔谑》、第十二期《谈中日的滑稽文章》、第十四期《〈思痛记〉及其他》、第十七期《儿童诗》。周丰一给《谈风》写有《北平的洋车夫》，属名"伯上"。这倒使我想起八道湾十一号大宅门口趴活的洋车夫，1939 年元旦，周作人遇刺，他的日记记有："旧车夫张三中数枪即死，小方左肩贯穿伤。"小方也是车夫，20 世纪五六十年代，周作人日记常有"坐小方车"的记载。

周黎庵曾言："（周作人）原稿规定是要寄还的，信札则不好意思叫人'上缴'，我实在不忍信手弃掷，多年积聚，总有二百多通。当然，连同所赠的几帧立轴，均已成为昆明劫灰。"这其中应该是有《谈风》供稿的，哪怕幸存下来一两通，作为《谈风》的旁证该有多好。

《谈风》初创之际，林语堂已举家赴美，周黎庵、海戈没有忘记在创刊号第一页显著位置，刊出"林语堂先生去国留影"与"林语堂先生手迹"，以表示对这位中国幽默大师的致敬。这张留影名为"宇宙风社西风社谈风社同人欢迎林语堂先生（左立第二人）去国留影"。忙中出错。本应"欢送"，误为"欢迎"，意思满拧，幽默刊物先幽了自己一默，周黎庵赶紧在第二期声明更正。

影留国去生先堂语林迎欢人同社风谈、社风西、社风宙宇

宇宙风社、西风社、谈风社同人欢迎林语堂先生去国留影

关于这张合影，魏绍昌给出权威的对号入座。

前排左起：黄嘉音、林夫人廖翠凤、陶夫人何曼青、徐訏。

后排左起：海戈、林语堂、黄嘉德、张沛霖、陶亢德。

在这些人中，黄嘉德、黄嘉音是西风社社员，陶亢德、徐訏是宇宙风社社员，海戈是谈风社社员。

1945 年 7 月的《风雨谈》刊出署名"东方优"的文章《夏夜访语堂》，内云"民国廿五年夏天语堂离沪去国，谈风社（谈风由黎庵、浑介、海戈合办）聚餐摄影，恰像是一幅临时纪念的图画"。这里的"聚餐摄影"应该就是"林语堂先生去国留影"。"东方优"何人不详，鉴于前有黄萍荪化名

"冬藏老人"在《越风》杂志上向壁虚造过《雪夜访鲁迅翁记》的教训，这回我亦不敢深信不疑。

海戈"缘起"里的这段话半实半虚，颇可玩味："凑巧在这时以前不约而同在一道写文章的人，渐渐分散，有的自起炉灶，研究不欠稿费；有的自办专刊，研究太平文史；有的自费出国，研究西洋幽默；有的自己理家，研究油盐柴米；有的照管婴孩，研究生产统制。"这里的第二条是指简又文的《逸经》杂志，第三条是林语堂的赴美。其他三条云里雾里，不知所指为何。

我感觉"有的自起炉灶，研究不欠稿费"可能隐指林、陶合办《宇宙风》的起因。周黎庵曾说："不过它（指《论语》）的印刷和发行都在人家手中，邵洵美是位公子哥儿，不问事务，听任下属，致《论语》时常脱期，发不出稿费，甚至编辑费都时有拖欠，使林语堂非常恼火……由友人简又文介绍，在良友图书公司出版《人间世》半月刊，由林语堂任主编，陶亢德、徐訏任编辑，也是一纸风行，在当时的众多杂志期刊中，销路亦占鳌头。但良友是广东人所办，与他们多有捍格，所以林语堂也很不满。于是想到要自办一个杂志能畅满己意，独立门户，不依傍他人，这便是他创办《宇宙风》的原因。"（出自《三十年代有过一个"杂志年"》）

林语堂退出《论语》杂志，史料记载得很清楚。林语堂与良友公司发生不愉快，可以在《逸经》里找到答案。1936年3月5日《逸经》出版第一期，简又文以《逸经的故事》来代发刊辞，内云："记得在前年春间，林语堂、陶亢德、徐訏诸君和我数人共同创办《人间世》小品文半月刊。中间，因编辑与营业两方面意见分歧，波折屡起，而进行乃遭阻碍。勉强维持至契约期满，我们决定不继续办下去了。于是林君乃与我商定，自己另起炉灶，各办期刊，必使事权统一，免再受气。"

　　简又文承诺："本刊对于作者方面，务使人人可自由使用此刊为发表作品的机关，而得有相当的物质酬报。稿费之多少，除额定最低限度外，将随本刊的销路而增加。我们断不借用——或偷窃——文友的心血来做私人的补品。"

　　这是我见过的最掷地有声的对于作者稿费的承诺，也许简又文曾经深受"借用与偷窃"之害。

　　第一期刊有林语堂的《与又文先生论逸经》，一开头便直奔主题："又文兄，你办《逸经》，我甚赞成。即使没有别的原因，单看目前《人间世》第四十二期已出版一个月，我应得的几本尚未送到，而北四川路至愚园路并不很远——这就可以令人明白，我何以主张办报非自己办不可。"

《人间世》第四十二期是终刊号，就算人走茶凉，样刊还是应该给主编送去的嘛。区区几本样刊尚且如此，可以想见稿酬及编辑费更是打不了包票的。

《谈风》在作者稿酬上与简又文持同一态度，不仅遥相呼应，且更猛进一步。

周黎庵于第一期"编后赘语"里保证："对于作者，尽量提高稿酬，宁可欠编辑费，但稿费非提早发出不可。现在创办之初，经费掏自腰包，一切支绌，每页（约一千字左右）只能自3元起，但销路一有增加，宁可先增稿费，后增编辑费。"

周黎庵于《三十年代有过一个"杂志年"》里回忆道："最重要的是对作者的稿费支付，这是其他刊物最易忽略的环节。当时上海报刊最高的稿酬为千字银圆3元，其下2元、1元、5角不等，甚至长期拖欠或分文不付。更恶劣的计算是，还要扣除空白和标点符号。"对于杂志经营内情，周黎庵作为当事者，敢于揭开同行黑幕，今天看来还是具有现实意义的。

不是空谈而已，《谈风》第二期"语林"栏刊出两封读者来函，核心问题还是稿费。署名"老同志"的这位题目是《与谈风社诸君子谈谈风》："诸君子，你们办谈风，我甚赞成。即使没有别的原因，单看目前××出到百期而我的七十几期的稿费还未寄来（我催讨信去了好几封，平信、平快、双挂号、快信全有），这就可以令人明白，我何以赞成你们办谈风——你们是和我一样被××欠过稿费若干次的。"后面还有一段牢骚话，看来这位仁兄是真上火了。"××"乃《论语》杂志无疑，该刊彼时恰好出到百期。这位仁兄承认"本文参考书《逸经》第一期《林语堂与简又文论逸经》"，我说怎么似曾相识的口吻呢。

另一篇署名"阎失民"，题目很直接——《稿费问题》，这位仁兄还是"国外作者"。信云："编辑先生，来信拜读，只因目下个人之工作正忙，未能如'约'以撰'通讯文'，歉甚！愿来日有以补之。复忆，昔者弟曾有短文一篇，投于××，名《法国的当铺》，计此文发表后，迄今已9个多月，稿费仍渺无音讯。或因数目太少，不足一寄？抑今之编××者，公事甚忙，而不暇及此？"

有了《法国的当铺》这个篇目就好查了，果然"××"是《论语》杂志，在1936年2月16日第八十二期《论语》中，查有《法国的当铺》，署名"逸民"，看来这个"阎失民"也是个化名。人赃俱获，《论语》杂志拖欠作者稿费的恶名并非空穴来风。

小文本意不是谈稿费问题，但越写越长，写着写着却摸排出几个名牌幽默小品文刊物之间的小掌故，自以为更有趣，只好将原来拟定的题目《周黎庵与〈谈风〉》，改为《〈谈风〉的口号"不欠稿费！"》。

2017 年 3 月 21 日

叶灵凤《完璧的藏书票》的怪论

　　说起藏书票在中国的普及，启蒙者应是叶灵凤（1905—1975），而不是鲁迅或其他什么人。藏书票是西洋发明的玩意儿，东洋的日本学了去，叶灵凤顺藤摸瓜找到了日本藏书票鼻祖斋藤昌三。斋藤昌三"将他自己所存的一部《藏书票之话》赠给了我，并且还寄来了一批日本藏书家所用的藏书票"。（叶灵凤《完璧的藏书票》）

　　在我心中，叶灵凤就是中国的斋藤昌三。

　　叶灵凤撰写藏书票文章的原发刊，计有《现代》杂志第四卷第二期（1933 年 12 月），题目是《藏书票之话》；《万象》杂志创刊号（1934 年 5 月），题目是《现代日本藏书票》；《文艺画报》第一卷第二期（1934 年 12 月），题目是《书鱼闲话》。

　　这三种原发刊寒舍均有收存，后两种尤为珍罕，恐怕全份收藏的私人寥寥无几。《现代》是现代文学期刊史上的名牌刊物，发行量大而且有过两次影印，流传较广。《万象》出了三期，张光宇和叶灵凤主编，因此《现代日本藏书票》能够图文并茂地占据版面。说起来，《现代》能刊出《藏书票之话》，与主编施蛰存也喜欢藏书票有着决定性的关系，同时期的大型刊物《文学》则不屑给藏书票一席之地。

《文艺画报》由叶灵凤和穆时英编辑。鲁迅与叶灵凤乃一对冤家，鲁迅每见叶氏有新动作，必予以痛击而后快。10月10日《文艺画报》创刊号面世，10月25日鲁迅即挖苦开来："'中国第一流作家'叶灵凤和穆时英两位先生编辑的《文艺画报》的大广告，在报上早已看见了。半个多月之后，才在店头看见这'画报'。既然是'画报'，看的人就自然也存着看'画报'的心，首先来看'画'。不看还好，一看，可就奇怪了。"下面还有好多挖苦的话，我不能全录。鲁迅好用引号，凡是引号，必为反话。我不知道标点符号未普及之前，鲁迅及其杂文如何增强挖苦的力量。上面这短短的几行，鲁迅便用了五次引号。

可惜叶灵凤的《书鱼闲话》刊在《文艺画报》第二期，躲过一劫，鲁迅先生所谓的"奇怪"未见继续，我倒是非常想听听先生对叶氏藏书票的看法。

叶灵凤除了写过上面三篇藏书票文章之外，还写过第四篇《完璧的藏书票》，我是二十多年前从《香港文丛·叶灵凤卷》里读到的。《完璧的藏书票》写于 1942 年 7 月 20 日，原刊 1942 年 8 月的《新东亚》月刊创刊号。此文未出现在内地各种叶灵凤的集子里，也未曾见到有人提起过。我为了配齐叶氏藏书票文献已知的四种原发刊，一个人在无助地找寻，直到最近才有了清晰的眉目，才有资格写这篇小文。

二十年前我读《完璧的藏书票》时，只是草草一阅，未留意也未记住《新东亚》月刊。这里岔开一笔，先说说另一本相关杂志。前年上海的一场拍卖会上出现了《太平》月刊，我知道张爱玲的《借银灯》首先发表在《太平》上。我很想买《太平》，因为张爱玲初发刊与叶灵凤藏书票初发刊都是我的搜书专题。拍卖之前，我委托上海朋友代我出价，他答应了。几天后，上海朋友告诉我，老谢，这批老期刊你买不了，已被机构预定"包圆"了。我很不服气，"一入侯门深似海"，下场不外乎"沧苇、遵王、士礼居，艺芸精舍四家书；一齐归入东昌府，深锁琅嬛饱蠹鱼"。正巧有家刊物约稿，我借机写了篇《赵孟之所贵，赵孟能贱之》以泄私怨，估计没有读者能明白我的意思。

我的朋友赵国忠君是搜索史料的高手，于某网下载有千余种老期刊，听说我要斥巨资竞买《太平》，忙劝我别花冤枉钱，他那里有《太平》的电子版。说实话，花这样的冤枉钱我心甘情愿，玩惯了纸质书，实在适应不了电子文本，冷冰冰的面无表情。国忠传过来《太平》电子版，1944年"新年号"刊出张爱玲的《借银灯》，我不知道该不该算作是新添的首发刊，一丁点儿也不兴奋。接着一期期浏览，我却有了意外之惊喜，《完璧的藏书票》出现了。

当下我想，虽然是电子版，但一石二鸟的首发刊，亦聊胜于无了，全然忘记了《新东亚》月刊的事情。《完璧的藏书票》刊于1943年10月《太平》(第二卷第十期)，"编者之话"称："叶灵凤君远居香港，近闻患病。这一期发表了他的《吞旃随笔》，以后是否续能来稿，这要等候叶君以后的信息了。"

《吞旃随笔》内含三篇小文:《伽利略的精神》《火线下的"火线下"》《完璧的藏书票》。听《太平》月刊编者的口气好像是叶灵凤主动来稿，当下我并未起疑。前几天找出了《香港文丛·叶灵凤卷》，我才搞明白，《太平》月刊很有可能是转载，战时叶灵凤自香港往上海主动投稿，而且是一稿两投，似无必要。1941年12月25日香港沦陷，1942年8月叶灵凤任主编的《新东亚》月刊出版文稿，1943年10月《太平》月刊转载《完璧的藏书票》，这样的顺序比较符合逻辑吧。还有一个理由，《太平》为上海太平书局所出，同为太平书局管辖下的《风雨谈》转载过茅盾的《我的小学时代》，考虑到当时的情势，我便可以理解，最坚硬的岩石也有缝隙存在。

《太平》在转载时删掉了最后一段：

> 多年不曾和斋藤先生通过消息，不知他近况怎样，《书物展望》这样的刊物不知在战时还能继续出版否。目前的香港还未进入"读书的季节"，也许等到秋高气爽，灯火可亲之时，我才有机会将这一份历劫幸存的藏品，整理一下，举行一次小小的展览会，作为一个纪念罢。

现在回到正题，《完璧的藏书票》的怪论，怎么个怪论？

文章开头写道："邻人的好意，虽然使我在这次战争中丧失了全部存稿和好些书籍，但由于他同样的独到眼光，我的另一份'财产'却幸运地被保存下来了。这便是我所收藏的现代日本藏书家的藏书票。"

"这次战争"指的应该是 1941 年 12 月日军攻占香港的"十八天战争"，而非 1937 年的那次战争。"我在上海抗战沦陷期中所失散的那一批藏书，其中虽然并没有什么特别珍贵的书，可是数量却不少，在万册以上。"（出自《我的藏书的长成》）

我认为"邻人的好意"是叶灵凤委托邻人照管他的家，日军打进来了，邻人为了避祸自作主张地将叶灵凤的手稿和藏书全部给烧掉了。叶灵凤在文章的最后写道："在这次战争中，我以为带在身边的这一份中国仅有的藏书票收藏怕也难免失散了，然而竟能幸免，这使我在安慰感激之余，不得不钦佩我的那位邻人独具眼光，火下留情了。"

"那位邻人独具眼光"此话颇令我费解。火光冲天，兵戈相见，覆巢之下，安有完卵？

这位邻人对叶灵凤解释他的怪论："最能动人情感的莫过于'他乡遇故知'，因此，对于征尘满面的士兵们来说，如果有一点东西能打动他们的乡情，那么就最容易被他们所珍视，因此也最容易获得他们的好感，而由于这样的好感所产生的方便，决非在门口贴上一张'特殊家庭，立人严禁'之类的玩意儿可比拟的。"

产生"他乡遇故知"的"好感"的神奇玩意儿竟然是"日本藏书票"？如此说来，日本藏书票的作用比得上中国驱邪避鬼的门神了。

叶灵凤的邻人"善意"地将叶氏的原稿和书籍焚烧之后，特意将叶氏的那份"日本藏书票"放在桌子上，而且是最触目的地方，好像希望"走"进来的日本士兵第一眼就能见到似的。

日本士兵到底闯进叶宅没有？日本士兵是否个个知道藏书票为何物？

呵呵，看来，叶灵凤所托非人，这位邻人用一套不合逻辑的怪论来"冒功领赏"，叶灵凤居然全盘相信了。

2017 年 5 月 8 日

小品文杂志丛谈

　　20 世纪 30 年代，林语堂开风气之先，创办了"小品文"风格的散文杂志《论语》《宇宙风》《人间世》，一纸风行，模仿的刊物多了起来。鲁迅写有《小品文的危机》，说道："然而对于文学上的'小摆设''小品文'的要求，却正在越加旺盛起来，要求者以为可以靠着低诉或微吟，将粗犷的人心，磨得渐渐的平滑。"本文想谈谈产生于那一时期的五种"小品文"刊物，虽然"小摆设"的帽子也许不尽合适，但是暂且戴给它们。

最不像"小摆设"的《逸经》

　　如果给《逸经》扣上"小摆设"的帽子，真的是冤枉了它，可是它又不属于左派或进步的刊物，难免让人投去疑惑的眼神，尽管《逸经》自我标榜为"文史半月刊"，社长简又文原本就是《人间世》的编委之一，所以《逸经》的走向不会偏离林语堂风格太远吧。论家一直误以为林语堂的三种刊物是统一的风格，未能识别这三种刊物微妙的差别，当其他类似的刊物不再由林语堂挂帅时，这种差别才体现出来，《逸经》的差别尤其明显，这种差别也使得《逸经》成为最难读的杂志。

《逸经》创办于1936年3月，此时的"小品文"日渐式微，倒是"国故研究"长盛未衰，《逸经》来凑凑热闹此正时矣，而且还很及时，一年多后抗战爆发，不管你是哪类哪派的刊物，统统停刊关门大吉。《逸经》的最后一期（第三十七期）只打出一份清样没来得及出版，由陆丹林保存着，如今下落不明。

林语堂得知简又文创办《逸经》，来函叙旧："又文兄，你办《逸经》，我甚赞成。即使没有别的原因，单看目前《人间世》第四十二期出版一个月，我应得的几本尚未送到，而北四川路至愚园路并不很远——这就可以令人明白，我何以主张办报非自己办不可。"解释一句，林此处说的"报"就是"杂志"。《人间世》出版至第四十二期停刊，简又文称："因编辑与营业两方面意见分歧，波折屡起，而进行乃遭阻碍，勉强维持至契约期满，我们决定不继续办下去了。于是林君乃与我商定，自己另起炉灶，各办期刊，必使事权统一，免再受气。"从中我们窥知刊物内幕种种。

我很欣赏民国期刊的个人主义色彩，主编的个人趣味对于一本杂志的风格，至关重要。《逸经》的社长简又文、主编谢兴尧（二十二期后由陆丹林接任）两人都是"太平迷"（太平天国研究专家），因此刊物内容自然会向"太平天国"倾斜，我前面说的"最难读"，是因为对于太平天国有兴趣的读者少之又少，而简、谢两位研究甚深入，离大众的兴趣点却远甚。

千字文只够给《逸经》来个简而又简的简介，但别忘了《逸经》里的两颗宝珠，一是全文刊瞿秋白《多余的话》；二是首刊《红军二万五千里西引记》。

从明朝借来的《文饭小品》

1935 年被称为"杂志年"，因为这一年新出的刊物很多，欣欣向荣，势头迅猛。《文饭小品》在这一年的 2 月应运而生，说起这个怪异名字，主编康嗣群在"创刊释名"里说："且说我们这个'文饭小品'的名字，乃是袭用了明季文人王思任的文集的名字，虽然我们对于他当初如何解释这个书名知道得并不多。"我曾说过，知识分子为了表明自己的与众不同，往往在书名上别出心裁，卖弄学识，然后再费劲地解释一番。

其实，康嗣群的另一番话才道出了心思："这一二年，小品文似乎在文坛上抬了头。因为抬了头，于是招了许多诽谤。"鲁迅在《"京派"与"海派"》里不点名地刺了一下《文饭小品》："是有些新出的刊物，真正老京派打头，真正小海派煞尾了。"我们都知道"老京派"是指"兄弟失和"之后的周作人，"小海派"则是与鲁迅有过节的施蛰存。

为什么在以鲁迅为首的一片声讨笔伐之下，小品文刊物仍能逆势上扬呢？小品文刊物魁首《论语》，其销售数三五万，仅低于《生活》周刊的八万，这说明市场有需求。《论语》自 1932 年一直出版到 1949 年（中间停了几年），刊期之长也说明读者的欢迎程度。单纯以政治观点审视某一类刊物，以简单的贴标签来给刊物画圈圈，显然是行不通的。当初的"鸳蝴派"刊物兴旺了二十来年，新文学派穷追猛打，鸳蝴刊物阵地逐渐萎缩，终至没落。而小品文刊物正处上升期，这时候的打压，至少在战机的把握上是不明智的。还有一个关键因素是，小品文刊物的作者均非无名之辈，其阵容完全抗衡得了鲁迅阵垒，缠斗的结果，亦如京派、海派之争，或无疾而终，或自生自灭。

《文饭小品》的外观不是通常所见的 16 开本，而是 32 开。页数呢，不能太少，一百出头，其文字容量相当于 16 开 48 页的杂志。每期换一个封面，各具特色。可惜的是，只出了六期，如果能够出到三四十期，收藏至今，晴窗丽日，把玩一番，诚为赏心悦目之美事。我的体会是，凡是美观小巧的杂志均难以长寿。

"慧外秀中"用来形容《文饭小品》再恰当没有了。你瞧这作者群，林语堂、周作人、阿英、戴望舒、李广田、沈启无、施蛰存、郑伯奇、林庚、南星、俞平伯、郁达夫、李金发、徐迟、赵景深、张天翼，等等。一般的刊物能拉上这份名单里的四五位，就吃用不尽了。

《谈风》近似于《宇宙风》

我收藏有两套《谈风》，另外还在旧书店里买过零本。如果在单本与合订本之间可以从容选择的话，我情愿选择单本，可是为长远保存计，合订本对于杂志的全面保护甚为有利，《谈风》出了二十期（1936 年 10 月至 1937 年 8 月），不算多吧，但是如果没有合订本，凑齐一套将非常之难。

虽说周黎庵（曾参与编辑《宇宙风》）、张海平、何文介（浑介）是《谈风》主编，可林语堂就好像在一旁"垂帘听政"，拿着《谈风》当《宇宙风》的副牌似的。创刊号的第一页就是一张大合影——"宇宙风社西风社谈风社同人欢迎林语堂先生去国留影"。我一直认为"欢迎"和"欢送"是一来一往的意思，这里用错了，也许民国的用法二者不分，其实，周黎庵于第二期的编后记里给出了更正。

关于这张合影，我在微博上说了，"我除了林语堂认得，哪位是周黎庵，哪位是张海平（海戈），其他几位姓甚名谁，都不知道"。于上海图书馆供职的资深研究员祝淳翔，我们在微博上是互粉的关系，他说道："由于笔者对上海近代文史素有研究兴趣，当即对合影留下深刻印象。可尽管跃跃欲试，彼时脑海却茫然一片，无从下手。所幸经过持续多月的不懈努力，浏览了大量相关书刊，终得拨云见日，逐步明了照片中的本尊分别是谁。"感谢祝先生的考据，我坐享其成，照片上的九位人物一一对号入座。

说起一个现象，挺有意思，凡小品文刊物，知堂老人从不缺席。这次的《谈风》，周作人更是深度参与，除了供稿之外，刊名"谈风"也是他老人家题写，里面的栏目"半月志异""月旦菁华""谈锋""幽默文粹""语林""书评""海外轩渠录"均为周作人手迹。如果说关于小品文刊物，林语堂是开路先锋，那么主帅非知堂老人莫属。

刊物出"专号"似乎自鸳鸯蝴蝶派杂志开始，最有甚者曾见"妓女专号"。小品文期刊继承鸳蝴杂志出专号的传统，《论语》为"专号"积极分子，一百七十七期的刊史，出有二十多期专号。《谈风》不甘人后，总共二十期竟出了十个专号（特辑），《南京专号》、《"思痛记"专号》、《"理想世界"专号》、《宗教见闻专号》（上下两期）、《消夏录专号》、《谈助特辑》、《四川专号》、《西陲特辑》、《湖南专号》，另有《新年特大号》一期。所谓专号并未见比平常多出篇幅以优惠读者，而老舍是反对"肥猪似的特大号"的。

关于刊名的来历，周黎庵曾拟"风雨谈"，海戈去掉了"雨"，将"风谈"颠倒一下成了"谈风"，大家都觉得好。周黎庵拟的"风雨谈"也没浪费，1943 年，柳雨生、陶亢德办起了《风雨谈》杂志，周黎庵还给其写过《我的童年》等文章。这些小花絮，特记一笔，作为期刊史的花边旧闻亦未尝不可。在我的书架上，姜德明先生的著作单占一格，我经常翻读，姜先生对于《谈风》的文风有过轻微的批评。

"风字头"的尾声《朔风》

小品文刊物的刊名，因为《宇宙风》的缘故，就跟起了"风"，什么《谈风》《越风》《东南风》《大风》《西风》等，好像不带个"风"就火不起来似的。1938年的初冬，北平出版了一本叫《朔风》的杂志，我觉得用这两句诗"商女不知亡国恨，隔江犹唱后庭花"来概括一直被诟病的"小品文"刊物也许是合适的，等到《朔风》此时连斥责"小摆设"的声音也听不到了，真的亡国了。

《朔风》的封面模仿小品文的老大，即《论语》杂志，也许是模仿得太逼真了，有读者以为封面上的题字是《论语》老板邵洵美所题，主编方纪生赶紧解释："关于上期（创刊号）封面的笔误，我们很引为歉。有人以为是邵洵美所写，这未免有点猜测失真，其实写和最初发见的都是陆离先生。当时因为出版期近，所以不曾另外制版，只有陆君草了个启事，印成小单页，夹在目录之前，'敬乞读者鉴谅'。"

六年前，《论语》初刊之时也是在封面上出了点故障，所以造成了两种创刊号，关于这个小掌故，我曾写有小文——《论语》之初发生了什么？如今《朔风》亦小有麻烦，好像冥冥之中有着同样的命运。《朔风》自十四期之后改变了封面。

方纪生（1908—1983）较为人知的事，是 1944 年在日本东京光风馆出版《周作人先生の事》，姜德明先生曾写有关于此书的书话。方纪生于《朔风》创刊号的《朔风室札记》里说道："这个纯文艺刊物的诞生，在我个人实属意外，因为我事先并没有想在这个时候来办杂志的意思。不，当最初陆语冰（陆离）先生向我提及此事时，我还曾经婉谢过的。"

陆离（1917—？）实为《朔风》的策动者，他在第二期的编后记里写道："纪生兄所记出版前的经过，殊甚详尽，但实在来，这都已经是'后话'了。因为在我的心意中，要办一个小品文刊物，其动机还远在去年事变以前。这是我的一点希望，也可以说是一种秘密。"这句话直截了当地表明，《朔风》要继承"论语派"的衣钵，陆离接着写道："林语堂说'十四年来新文学的成功，小品文的成功也'。这句话里含有不少的意气，自未能遽为定论。不过，'小品文的成功'却是谁也无法否认的。"在列举了"以幽默二字相标榜"的刊物之后，陆离不掩厌恶之意："《朔风》，我自然不愿它走进我所厌恶的圈子里去。故上期过分的严肃也可以说是含有一种不得已的苦衷。"方纪生、陆离是明智的，和平时期尚且不宜过分油腔滑调，此时此景，哪里还有幽默的市场？

沦陷后刊物的作家，少了一多半熟悉的名字，残留下来的则是老中年作家，知堂老人仍稳坐头把交椅，周丰一继续战前的习惯只为小品文杂期刊写稿，他的笔名为"伯上"。毕树棠亦如战前为《宇宙风》撰稿一样为《朔风》服务，滞留古城的作家，还有钱稻孙、谢国桢、商鸿逵、苏民生、谢兴尧、杨丙辰，某些则用了笔名。林海音的丈夫夏承楹写有介绍日本文学杂志的文章。

出版十一期之后，《朔风》改为"综合性刊物"，再往后"政治时事"粗暴介入，完全变了味的《朔风》居然自十八期至二十五期合并为一期出版，留给期刊史一个笑柄。

《天地人》主推"民间文艺"

关于《天地人》杂志的材料，几乎没有，倒是主编徐訏的材料找起来很容易，徐訏的文学经历非常丰富，尤以《风萧萧》驰誉文坛内外，可是提到他成名之前主编的《天地人》，介绍上均是一笔带过或者连年份也写错了。由于之前徐訏参与编辑过《人间世》，所以顺理成章，《天地人》也是林语堂小品文刊物这条战壕里的兄弟。

我的搜集《天地人》经历，可谓一波三折，苦尽甘来。虽说《天地人》半月刊的刊期只有十期（1936年3—7月），但是全份却不易得。很早我自厂肆淘到过零本，从而见识了它的面目，第一印象，不是很喜欢，我说的是内容。闹"非典"的时候，中国书店的拍卖改成采取电话委托的拍卖形式，这样人群不必聚集一处，心理上仿佛得到了免疫力。那次拍卖目录就是两页纸，《天地人》合订本赫然在焉，起拍价不高。第一次使用电话参拍，也不知道是缺乏经验还是电话里听不大清楚，明明是我喊的最高价，自以为《天地人》归我了，可过了一会儿，拍卖主持却告诉我最高价不是我喊的，另有他人，气得我当时就埋怨了几句，很是失态。过了些日子去拍卖公司特地向主持道歉，因为是很熟的关系，所以哈哈两声就过去了。

又是好几年的时光过去了，某天布衣书局老板打来电话，称手上有一套朋友代售的《天地人》，问我有意吗，我当即说要，随口想还一下价，未允。翌日于东城某食馆交割，是个合订本，还是原装合订。突然想，这个《天地人》会不会是"非典"时失拍的那本？也许是也许不是，毕竟上次我没看到实物。

《查泰莱夫人的情人》在西方长期被列为禁书，20世纪30年代传入中国之后，郁达夫最先在《人间世》上做了详尽介绍，林语堂马上关注，徐訏称"王孔嘉先生的译笔流利，也是我们高兴发表的一个理由"。故此，堂而皇之地在《天地人》杂志上连载起来，《天地人》于期刊史上若能占一席之地，很大因素是首先刊载了这部有名的禁书。好玩的是，连载之时，译者与读者还就译文准确与否商榷了起来。

《天地人》由独立出版社管辖，这个出版社出有《独立漫画》，该刊由漫画家张光宇主编，所以张光宇的弟弟张正宇为《天地人》做了封面及里面的版式设计，也就再自然不过了。独立出版社的"三大刊物"，还有一种是《人生画报》，我存有零本。

"民间文艺"似乎是《天地人》的主要方向，不但每期设专栏，终刊号更是作了"中国民间文艺专号"，刊登百分百的相关文章。李家瑞是"民间文艺"干将，曾编有《北平风俗类征》。谷林先生于《曾在我家》写道："我又说想看些北京乡土风俗的旧书，他（知堂老人）介绍《北平风俗类征》。"

最后还得说说《天地人》的作者，林语堂只在创刊号写了一篇文章，"论语派三老"之一老向则常常发表文章，刘半农是遗作；另外还有朱光潜、李长之、庞熏琹、臧克家、李辉英、赵景深、许钦文、谢冰莹、周而复、周劭等。

2016 年 7 月 28 日

我于《万象》最多情

一年前，《上海书评》刊出施康强先生的文章《我与新旧〈万象〉》，新《万象》去今不远，为读者所熟知，旧《万象》呢，我们来听听施康强的简介："20世纪50年代，我在上海读中学，已经接触到《万象》杂志。那是从家门口的小书摊上租来的，新中国成立前出版的老《万象》。'小书'即连环画，现在叫'小人书'了。这位小书摊老板兼营出租《蜀山剑侠传》一类的武侠小说、张恨水一派的言情小说和新中国成立前的旧杂志，如《紫罗兰》《万象》《春秋》。最好看的是陈蝶衣、平襟亚主编的前期《万象》，因为其中的文章内容包罗人间万象，写得也有趣。网上有作者说前期《万象》偏于市民言说，柯灵主编的后期《万象》偏于知识分子言说。此论深得吾心。"

关于老《万象》，郑逸梅在《民国旧派文艺期刊丛话》做如下介绍:"《万象》月刊,是陈蝶衣和毛子佩发起的,结果没有成为事实,才由陈蝶衣供献给平襟亚,由中央书店出版。这时杂志很沉寂,不意《万象》一出版,销路很好,各种期刊纷纷效尤,一时甚为蓬勃。创刊号出版于1941年7月1日,为第一年第一期,共十二期。……第三年共十二期,陈蝶衣已脱离,由柯灵主编,改为新文艺刊物了。内容已大不相同。第四年只出七期,即结束,其时为1945年6月1日。"

《万象》中途换将,很像1920年《小说月报》十二卷之后换将沈雁冰(茅盾),前期鸳蝴派掌舵,后期新文化派控股。

我以前写过《张爱玲为什么与〈万象〉闹翻?》,那时的《万象》由平襟亚(笔名"秋翁")主政。张爱玲与平襟亚因"一千元的灰钿"打了两三个回合的笔仗,双方都动了火气,张爱玲的标题是"不得不说的废话!"。历史故事很有趣,平襟亚的堂侄平鑫涛创办皇冠出版公司,帮助出版了许多张爱玲的书,并未传承堂伯与张爱玲的怨恨。

陈蝶衣创办的《万象》,是我收藏的第一种全份民国杂志,得之不易,所以不免经常唠叨。琉璃厂海王邨(公园)里面藏着一家旧书店,这个店只有朝西的几扇窗户,窗户前还有走廊,所以屋里总是幽暗不明,至少给我的感觉是这样的。通常店里只有一两个顾客,店员永远比顾客多。我第一回进来，由于翻书的手法，还遭到老店员的呵斥："这书可经不住你这么翻！"由生客到熟客，总是要经过做成"几单生意"的磨合。一来二去，老店员知道我不是只看不买的"蹭书客"，口气温和了下来，而我明镜高悬，书商也是商人，"先敬罗衣后敬人"免不了。某天我见到柜台里放着一捆书，书顶刷着红褐色，我很好奇，便请店员拿上柜台打开来看，才知道不是书，是《万象》杂志，而且是全套的44本。从来没见过如此小巧可爱的杂志，我想要，可店员说是给山东某图书馆留的，不能卖给我，我当时立刻沮丧了。我去此店的频率大约是两周三次，去一次看一眼《万象》，《万象》一直安静地在柜台里等待，很久了图书馆也没来取货。大约两个月后，店里管事的老店员种金明师傅下令："卖给小谢吧！"

你若没见过《万象》，或者你只见过一两零本，体会不到《万象》之曼妙多姿。得陇望蜀，我问种师傅能不能把所有"万象"字头的杂志每一种都给我弄一本。那个年代才称得上"为读者服务"的幸福年代，很快，七八种《万象》给我从中国书店大库找来了。那段美好的日子持续了两三年，后来姜德明先生对我讲，向大库递书单配杂志的只有两个人，一个是唐弢，另一个就是我。

这七八种《万象》，我只留下三种，其余几种为了换取

《古今》都拿出去了，这个伤心的故事我也唠叨过不止一遍。尚在手边的三种，一是1934年5月的《万象》，由上海时代图书公司出版，张光宇、叶灵凤主编，总出三期。前两期是种师傅卖给我的，十几块钱。第三期是我在网络上买的，100块。二是1936年9月的《万象》月刊，由上海万象社出版，胡考主编，仅出一期，创刊即是终刊。卖给我的价钱是一块钱。三是1943年5月的《万象》旬刊，由上海万象书屋出版，陈蝶衣主编，总出九期。我存有三期，也是种师傅给我找来的。说句宽慰自己的话，转换出去的几种《万象》多为新闻刊物，且非上海所产，不足惜。

胡考（1912—1994）是20世纪30年代知名的漫画家。这《万象》封面设计得没话讲，虽然都画满了，视觉上却感觉不到"满"。鲁迅先生曾评论过胡考的画技："胡考先生的画，除这回的《西厢》外，我还见过两种，即《尤三姐》及《芒种》之所载。神情生动，线条也很精炼，但因用器械，所以往往也显得不自由，就是线有时不听意的指使。《西厢》画得很好，可以发表，因为这和《尤三姐》，是正合于他的笔法的题材。不过我想他如用这画法于攻打偶像，使之漫画化，就更有意义而且路也更开阔。不知先生以为何如？"（1935年3月29日致曹聚仁）

今天还在不断被人纪念着的艺术家张光宇（1900—1965），及另一位文艺家叶灵凤（1905—1975），他们俩于20世纪30年代，联手创办了一本叫《万象》的画报，其内容之精彩，装帧之华贵搁到今日也不落伍，某些话题的超前性几乎与今日同步。今日的热门收藏品"藏书票"，《万象》早在八十年前便五彩斑斓了。今日已然没落的漫画艺术，八十年前正处黄金时代，今日倡导的"厕所革命"，《万象》在八十年前即图文并茂地刊出《便所考》。广场舞乃今日大妈的最爱，而《万象》早已有之深入研究的《跳舞考》。

《万象》仅出版了三期，1934年5、6、7这三个月，售价为大洋5角，由上海时代图书公司出版。大家都知道当年上海首富邵洵美吧，他就是时代公司的老板。邵氏热衷文化事业，鼎盛时期他名下有八大刊物，《时代》画报、《论语》、《时代漫画》、《时代电影》等，《万象》便集合了大都市文化不可或缺的时髦元素，电影、短篇小说、漫画、时事新闻、艺术随笔融于一刊之中。办画报，一要钱二要人，邵洵美是不缺作者的，所以他用不着去找圈子外的人。不管什么文艺圈子，总是排他性的，也可以说是"文人相轻"或别的借口。在《万象》里你找不到左翼作家，只能见到"感觉派"代表刘呐鸥、施蛰存、穆时英等；漫画家里你看不到华君武和丰子恺的名字也用不着奇怪，张光宇不带他们玩。在《万象》的漫画家群里，我意外地见到了卢世侯的尊容，这位老电影《清宫秘史》艺术总监的相貌不像传说中的那么古怪呀，也许照片的欺骗性再次作祟。

说来，收藏旧刊物的难点，一本两本、三五本都好办，搜集全套则大有难度。别看《万象》仅出了三期，却费去了我近三十年的光阴。那是收藏还属于极少数人癖好的时代，海王邨中国书店的老师傅很能为读者着想，急读者之所急，我说帮忙给找配"万象"字头的民国刊物，老师傅一下子从库房找来七八种《万象》，其中一种即是张叶主编的大8开《万象》，价钱是10块钱，可惜只有第一和第三期，缺第二期。当时想着来日方长，这第二期终归能够到手的。"补白大王"郑逸梅曾云："旧时刊物，全套无阙者可得善价。"三十载岁月悠悠，我已不抱希望，不料机会却来了。某日某网店忽然冒出我苦寻多年的《万象》，而且不多不少正是第二期这本。由于封面略有破损，店家拍卖底价为区区50元，庆幸的是，无人与我竞争，底价得之再加上5元邮寄费，55块钱圆了我的"万象梦"。据我所知，收藏有此《万象》全份的只有藏书家姜德明先生，姜先生《插图拾翠》内有一幅张乐平所作插图，原载正是在第二期里，我终于对上号了。人们只以为"三毛之父"张乐平画过三毛，其实张乐平为短篇小说（杜衡《晚霞》）所绘插图，更为难得一见呢。

《万象》既为画报，因此关注同业同行自是应该。在创刊号上专门留一版插页，将1934年流行画报的主编们玉照全数刊出，计有:《良友》画报马国良（亮）、《时代》画报叶浅予、《大众》画报梁得所、《中华》画报胡伯洲、《妇人画报》郭建英、《时代漫画》鲁少飞、《文华》画报梁雪清（女）。这些主编的事迹我均有了解，独于女主编梁雪清一无所知，出版了五十四期的《文华》非常名贵，独标一格。

刊于第三期的《便所考》，据我浏览过的民国刊物里未见有第二篇类似的文章。文章所附插图均来自洋人的图书杂志，顺带说一句，上海过去专售洋书、洋画报的书店自成一景，阅读外文报纸并从中取材，也是画报主编们的功课吧。这些关于如厕的插图各具风趣，亦谐亦庄。如《德国人拉粪常识的宣传图》分八个步骤:"把门开开""脱出尊股""坐一会儿""用力一下""愉快之至""撕张白纸""穿上裤子""把门关好"。在宣讲常识的时候也没忘了谴责不文明的行为，颇似我们的"上前一小步，文明一大步"。

本文作者写道:"现代人——尤其是西洋的医药专家对于大粪的排泄和建筑家对于排泄的场所——都非常注重研究。西洋人和西洋留学归来的中国人，常常批评我们的疾病多，完全是对于拉粪的事情不考究的缘故。……此外，却有人反对中国人改造便所，因为他们以为中国有不知几许的好文章都是在便所内产生出来的。"确实，读书人不是很会抓紧时间吗，古人所谓"三上"读书——"马上、枕上、厕上"。"三上读书法"的原创者乃欧阳修，原话是："余平生所作文章，多在三上，乃马上、枕上、厕上也。"

我认为，画报里的图画无论是照相还是手绘，最终还是需要文字来表达其内涵的。换言之，往小里说，文字乃画龙点睛；往大了说，文字是老大，图画是跟班。比如藏书家阿英《明朝人的笑话》（刊《万象》第二期）占据五页，几幅古书书影作为陪衬，给整面的版式带来活力，这就是画报的力量。另如《吴稚晖先生谈〈世界〉画报》，也是同样的理由，其中一幅《世界》画报的封面，可以提醒人们不至于上当，因为该画报的扉页与封面非常相像，缺失了封面的《世界》画报价钱要跌一半呢，而我和我的书友都差一点儿花高价买了掉封面的《世界》。这本 1907 年创办于法国巴黎的中文画报，仅出两期，其珍罕程度不言自明。

陈蝶衣 1943 年创办的《万象》旬刊，内容差甚，近乎八卦杂志，不值一提。特说明一句，下面涉及《万象》的话，均与这本旬刊无关。

民国所出顶级《万象》杂志，该有的我全有了，顶级的三种我甚至收集的是全份。我于《万象》最多情，并非妄人妄语。

下面再谈谈我搜求来的两种港版《万象》杂志。

港台文艺期刊取名，多有沿袭老牌子者，如《蓝皮书》《古今》《论语》《人间世》等。《万象》的情况很特殊，它的再续前缘，却不是简单地拿来老牌子翻新，或可称《万象》原创者陈蝶衣"前度陈郎今又来"之情愫。1975年夏，陈蝶衣忽起思乡之情，便办起了《万象》，你看"万象"两字，依然是老《万象》的招牌。相同的例子，《良友》画报于香港复刊之后，创始人伍联德（1900—1972）手书"良友"两字也是不可更移的金字招牌。

陈蝶衣创办的第三种《万象》，内容不算差，但是比不了三十年前沪版《万象》月刊，某些文章似转摘于旧刊，表明稿源不足。作者里的林熙（高伯雨）、陈存仁、陈定山、屠光启等加上陈蝶衣本人，看着应是新作新文，而平襟亚、范烟桥等，便不大可能是新作。

陈蝶衣的第二阶段《万象》（仅出六期）未能再现第一阶段辉煌，究其原因，有一点我以为是"混搭"的失误。陈蝶衣既难舍上海滩徐娘半老的《万象》，又惦记模仿香港老成持重的《大成》（版式尤其相似），这样的结合怎么能走得远。

沪版《万象》月刊有一期"号外"，封面画《美人帐下犹歌舞》，令人过目不忘，绘画者"卢世侯"，我以前没大注意，最近忽对此人大感兴趣，知道他曾任《清宫秘史》艺术总监，那他应该认识丁聪呀，"小丁"为该片插曲笛子伴奏。要说找资料，还是离不开旧杂志。也许是陈蝶衣的故意安排，他没忘了老友卢世侯，于是新《万象》中刊出了《电影界的怪人奇才卢世侯》（作者金庚）。此文配了多张卢世侯的画作，我很喜欢那幅《杜甫江南逢李龟年》，那个时代好画家真多，多到今天皆寂寂无闻了。

另一种港版《万象》，1977年7月创刊，我只存前两期，不知维持了多久。主编岳骞，百度上称："本名何家骅。字号'越千'，笔名'方剑云、铁岭遗民'。籍贯安徽涡阳，出生于1922年，1949年赴台。后创办《掌故》杂志（1971年9月至1975年8月），20世纪50年代后辗转至香港，来港后一直从事写作，曾为月刊总编辑。"近读中华书局《掌故》杂志所载何家干文《香港的〈掌故〉月刊》，其所介绍岳骞生平事迹几与百度相同，我与友人讲玩笑话："不知是何家干摆渡了百度，还是百度摆渡了何家干？"当然，我明白事实是后者，因为你试试搜索一下"大众画报""梁得所"等词条，好些话竟然出自鄙人。

关于岳骞版《万象》，我发现一个有趣之处。若将刊名遮挡，分不大清哪个是《万象》，哪个是《掌故》。从时间上推算，《掌故》停刊之后，岳骞或许心有不甘，遂办起了《万象》，总归有一种情结在心中。

2017 年 6 月 18 日

柳雨生《入都日记》花絮

20世纪40年代的上海滩，有那么三四年的光景，有那么一些文人日子过得蛮写意。虽然他们不是什么呼风唤雨的大角色，但总归被人羡慕着，柳雨生（1917—2009）是特别出人头地的一位。我所谓柳雨生吃得开，要算上他离开大陆后令人羡慕的"国际学者"声誉，天下的好事都被柳雨生占了。在柳雨生九十二年的生命中，难堪的日子只有两三年吧，也仅是个零头。一旦想到柳雨生最吃香的1942年，那年才出生的董桥先生于2009年写了《怀念柳先生》，真有时光倒流之感，仿佛一次接力跑的精准接棒。

董桥的《怀念柳先生》刊于2009年11月1日的《上海书评》，董文的下面是我的小文《〈风雨谈〉的女作家书简》，我当即在博客里调侃："雪夜，下楼试了一下温度，结冰了，方知室暖如春的好处，写了这么多年东西，有幸与一些文化名人同处一张报，同处一本杂志，最妙的是上下楼在一个版面，和止庵上下楼最多，一次也没让我楼上一回，上上月和黄裳上下楼，今个儿和董桥上下楼，夜班编辑没打瞌睡，我还是楼下，楼下就楼下吧，今个儿和董桥谈的是一个人：柳雨生。"《风雨谈》1943 年 4 月于上海创办，代表人是柳雨生，"代表人"相当于今天的"出品人"吧。看一个文人，通过他主编的杂志多少能看出些文艺倾向来，董桥与黄俊东主编《明报月刊》时期，谈藏书趣味的文章明显多而且好玩。

《怀念柳先生》的第一段：

　　从来尊称他柳先生，不叫他柳教授。学贯古今中外，人通天地百事，我情愿沿用旧派礼貌叫柳存仁为柳先生。今年九十二岁，先是家里跌了一跤住院养伤，医生说肺部积水，走动气喘，肾脏也老化，吃药治疗一段时日可以回家静养。7 月 8 日还给我来信闲话起居，8 月 13 日在睡梦中安然辞世。柳先生的学生李焯然教授说，柳老师自 1966 年到 1982 年出任澳大利亚国立大学中文讲座教授、中文系主任，又是澳大利亚大学亚洲研究学院院长。8 月 24 日，堪培拉校园礼堂为柳先生举行追悼会，百人送别这位当代著名汉学家。柳先生 7 月 8 日那封信上说，他刚读毕我的新书《青玉案》，碎纸上写了一些笔记，过几天精神稍佳誊抄给我一阅。信尾，他还把家里电话重抄一遍给我，嘱咐我也把手机号码告诉他，说他耳朵尽管不很灵，夜间得空或可试拨电话闲聊两句。空邮信件寄到之日我在医院施手术，没等我残躯平复柳先生竟然走了，连日追思，不能自宽。他信上说《青玉案》是贺铸的一首名作，古今能效颦者莫若黄公绍之"落日解鞍芳草岸，花无人戴，酒无人劝，醉也无人管"，却稍嫌露骨多事。果然，我怀念故人之际默读贺铸"一川烟草，满城风絮，梅子黄时雨"倒另得几番绵亘的意绪。

那天的报纸还有另一位作者写柳雨生，我在博客里也没忘了评论："今个儿巧了，同版接壁儿还有一主儿谈柳雨生，不妨也贴在这里，这主儿有点儿义正词严，没办法，不冠冕堂皇两句就难受。"

我没有资格结交柳雨生这样的名流，只有这两项收集颇为自得，一项是柳雨生主编的旧刊物，一项是首发柳雨生文字的旧刊物。柳雨生的几篇日记体文字，最有意思。我曾经抄录柳雨生化名"吴商"的《沦陷日记》（原载 1948 年《好文章》）纳入拙书《书鱼繁昌录》，有些读者不知道也不想知道柳雨生其人及日记的佳趣所在，反而指责我的"文抄公"善举，他们对于"多知道一点儿没坏处"有天生的抵触。只有我的朋友宋希於是个明白人，他对我讲首刊于 1945 年 6 月《文史》内的柳雨生《雪庵日记》就是《沦陷日记》的一部分，所以"吴商"本尊当然是柳雨生无疑。多么好玩的小考据，某些读者自甘平庸，我好像没有救他们于水火的义务吧。

《入都日记》发表在《人间味》杂志的终刊号（1943 年 12 月 15 日），记日记的时间是 11 月 18 日至 25 日。

《人间味》不是很重要也不是很有名的刊物，却被黄裳提到过。1942 年冬，黄裳与黄宗江结伴自沦陷上海出走前往川蜀，途中写有若干篇游记，《白门秋柳》是其一，"我们到南京时是一个风沙蔽天的日子。……对面的街上有一家书店，我们踱进去看，里面放着几本从上海来的杂志和北方来的《三六九》（戏剧刊物），另外有一册南京本地出版的《人间味》"。黄裳接下来的话便有些奇怪了，"在屠刀下面的'文士'们似乎还很悠闲地吟咏着他们的'人间味'，这就使我想起'世间无一可食亦无一可言'的话来，这虽然是仙人说话，也正可以显示今日江南无声悲哀。在无声中，也还有这种发自墙缝间的悲哀的调子"。

这段话的后面黄裳接写道："翻到了几本《同声》，里面有冒鹤亭、俞陛云的文章，还有杨椒山先生的墨迹的影印本，后面有'双照楼主人'的跋文。说明清末他被关在北京的牢狱里时，曾经整日徘徊在杨椒山先生手植桧的下面，因为他当日所住的监房正是杨继盛劾严嵩父子后系狱的地方，想不到住在陵园里的'双照楼主人'在呐喊着'共荣共存'之余，还有时间想到这些旧事。因为这些杂志是由他出资办的，所以厚厚的一本书，定价只要一元。"黄裳提到的这三种刊物寒舍均有收存，以质量论，《同声》第一。载有杨椒山墨迹和双照楼主人跋文的这一期《同声》是 1942 年 10 月出版的，余温尚存地等着远道而来的黄裳赏评。

《人间味》于 1943 年元旦出创刊号，第二期和第三期之后，便坎坷起来。第四期（即第二卷第一期）延至 7 月才出，按正常的月刊来算，7 月应出第七期。第五期（第二卷第二期）8 月出倒是没脱期，但是封面上那行"复刊第二号"令人糊涂（不是我糊涂），这就需要解释一下。旧时期刊以半年为一卷，所以 7 月出版的第四期便算作是第二卷的第一期，前半年应出六期，因故少出了三期也就是说停刊了三个月，所以第四期实为"复刊号"（主编滕树毂称："《人间味》命苦，出了三期忽然做起梦来。经过一番挣扎，现在幸有和读者见面。在这'人吃人'的年头，一本杂志能够更生，您知道，有多难！现在的纸价、工价都较春季高涨数倍。上海公共租界收回后，《人间味》在沪当销行无阻，为一大快事！"），但是忙中出错没有在封面上注明，所以第五期的"复刊第二号"予人突兀之感。第二卷第三期和第四期忽然来了个合期（10月出版），实际上又是脱期，封面上的"复刊第三四期特大号"也来添乱。第二卷第五期和第六期又是个合刊（12月出版），封面上注有"复刊第五六期"。一会儿称"号"，一会儿称"期"，乱来。一年里，《人间味》勉为其难地出版了九期七册，杂志社倒了。

从时间上来算，黄裳看到的《人间味》应该是1月份的创刊号，因为2月7日黄裳已在宝鸡了。"早晨在宝鸡登车，和H他们离别，颇感孤寂。"我忽然想到黄裳的入川路线，正是我父亲1946年2月的出川路线（重庆至上海）。父亲受中华书局委派前往上海接管中华书局，父亲的"途中日记"自2月21日记起，3月14日晚抵达上海，共计二十余天，而黄裳入川好像费了更多的时日。

柳雨生《入都日记》原文：

　　十一月十八日晚，在上海，中日文化协会宴丰岛、阿部两氏于锦江。丰岛与志雄长于法国文学，尝译雨果

《孤星泪》等作品。阿部君曾受业于丰岛，亦以小说及评论闻名，八年前尝游北平。席间，阿部君自谦谓彼与丰岛二人，不期相遇于中国，如唱父子会。而日本明治大学，则其慈母也。日内彼将赴汉口考察，并邀余下月初同游杭州。

小宫义孝教授相询，今日大陆新报载余与内山完造二人谈话，关于中日人民真正友谊之途径，因申言之，其详则见拙著《还乡记》。

夜间苦寒。明晨将有远行，仍续读《花园》一书，尚称佳构，十九日晨六时兴，畏冷甚。食蔬菜冬菇面及牛乳。七时半，与妻谈古丽丽女士事，彼亦心仪其人。周公旋以车来，遂同赴车站，沿途平顺，惟站口旅客麇集，秩序不甚好。吾侪幸有"怕司"，车中又幸获座位。唔中央社杨主任廻浪，及陶晶孙、刘丹忱、沈逸凡诸君。车中食"兴亚客饭"。饭菜荟于一盘，面包二片，一甜红茶。

抵南京，有人来迓。以二百五十元价，五人同乘一木炭车入城。余住中央饭店，室甚小而严紧，布置既定，即赴宣传部报道。叩谒部座次座致敬，均公出。唔鸿烈、直公、持平诸司长、刘参事、古主任秘书、韦顾问、明处长、陈秘书、华影公司伍经理、韦经理等。唔老滕，并承馈赠领带，受之有愧。

赴中大实校访纪果庵，遇于途。相偕至学校，复蒙招宴于其府上。闻名已久之"纪晓岚先生像"今始得一见。纪公夫妇有公子，聪俊健壮，可喜之至。藏书颇丰，闻均事变以还在南京收集者。果庵大是可谈。夜返旅舍，见越老，予且，雨人，君佐诸公留片，怅不相遇。五分钟后，越来予且雨人又偕来，欢谈而去。周公来，国际问题研究所伍秘书来。

夜草日记，早睡。

余已八阅月未入宁。今年九月自北平南返，友人约留住，以事迫仍未果，此次来宁应召开会，居凡六日，皆有日记，惟第一日尚可一读，其余多关私情，有伤大雅。《人间味》杂志老滕先生坚嘱作文，旅寓苦寂，时闻马将调谑之声，心乱情忧，勉以铅笔钞日记数行，非敢塞责，聊答雅意。

作者谨识于江宁中央饭店

中华民国三十二年十一月二十五日

我略作一点儿注解。柳雨生此次南京之行是参加一个什么会，会期为 20、21、22 日三天，柳氏所谓"多关私情，有伤大雅"，实则别有深意。日记中"越老"乃周越然，"予且"乃潘予且，"雨人"是周雨人，"鸿烈"是杨鸿烈，"持平"是龚持平。"纪公夫妇有公子，聪俊健壮，可喜之至。"公子为纪英楠先生，前十来年曾与我通过一个电话，我竟嫌人家说话太过直接，几句话之后即谈不下去了。十几岁的时候家里来了位客人，父母不在家，只我在，客人枯坐了半小时告辞，对我说了句："你要学学待人接物。"

2017 年 11 月 11 日

《开卷》一百期之回忆

最近常常记错时间,《开卷》出版到一百期的时候,董宁文先生于北京六铺炕旁的人定湖公园内的凤凰饭店召开了一个庆贺性质的研讨会,我一会儿记成 2006 年,一会儿记成 2007 年,季节没记错,那是炎热的 7 月,其实是 2008 年的 7 月 13 日,是个礼拜天,我在日记里查到的。记日记真是个好习惯,名人的日记对于后来的研究者或传记作者来说,提供了莫大的便利。就算我这样的小人物,不事写作的话,记不记日记无大所谓,而一旦入了这个行当,还是记日记来得方便。不记日记的名人(或记了不情愿公开)如张爱玲,有些关键的日期即不好确定,张爱玲 1952 年离开上海去香港,具体的日期,谁也说不出来,张爱玲是近代人,那么稍古一点的名人呢。就算那些记日记的名人,也有个详略的问题,周氏兄弟的日记属于较略的一种,尽使后人费猜度。鲁迅批评李慈铭的日记"看不出他的内心"，难道鲁迅的日记袒露心扉了吗？我觉得最好的日记是周佛海和蒋介石的日记，公事、私事皆记，感情的波澜也不怕亮给不相干的人。

虽然我记不准《开卷》一百期的出版日期了，但是那天的情景却历历在目，许多细节记忆犹新。民间读书刊物，简称"民刊"，近数十年来一直红红火火，一年一度的"民刊读书会"年会，有如争办奥运会似的，总是有两三个城市竞争呢。我只参加过一届年会，但是非常了解每届的情况。我想说的是，以与会文化名人的质量和数量论，哪一届也没有超过凤凰饭店的《开卷》百期这次（虽然这次不算年会）。这种荣耀既来自北京的威力，也来自《开卷》的感召力，不便说的是来自董宁文的组织力——"不要突出个人嘛！"说说那次来的文化名人吧，姜德明、李君维、蓝英年、李文俊、文洁若、资中筠、陈乐民、吕恩、陈四益、李辉、扬之水、止庵。

文洁若坐在我旁边，她带着正在写的《冰心与萧乾》的文稿，边听会边改稿，居然还带着胶水，边改边粘纸条。我对她说，您要是用电脑修改文章就方便多了。吃饭时，吕恩坐另一桌，我对她说，我存的1947年的《联合画报》某期封面人物是您，她很惊讶。我说您有电子邮箱吗，我给您传过去。吕恩找了张小纸条写了邮箱名，我说您还会用电脑呀。过后，我给吕恩传过去那张封面，六十年前的吕恩风姿绰约，好美的一幅封面。李文俊先生是卡夫卡的译者，止庵走过去对李先生说："我受您翻译的卡夫卡影响很大。"吃饭时，蓝英年、陈四益、谭宗远、杨小洲、止庵、我、陈乐民、资中筠同桌，座位的顺序就是这样的。也许是我们几个熟人的聊天声浪扰人，我听见资中筠低声对陈乐民说："我们到那桌去吧？"陈乐民持来之安之的态度，没有挪桌，我与两位聊了起来。我对资中筠说起非常喜欢她在《锦瑟无端》扉页上的那两行钢笔字，"锦瑟无端五十弦，一弦一柱思华年"。资中筠高兴起来，聊到黄宗英，说少年时见到黄宗英脚蹬马靴演话剧的样子简直着迷死了。陈乐民身患尿毒症，经常得去医院透析，一去就是半天，这种情形之下，陈先生每周二、四、六仍坚持写作，资中筠说起这些毫无抱怨之意，我当时真受感动。与蓝英年聊天中得知，他参加过 1945 年解放张家口的工作。我对专门写作杂文的作家素无好感，可是与陈四益聊了几句，印象陡变。

开会时，每个人都要发言，我一直不善于当众讲话，这次也不例外，语无伦次如故。我说的大意是："大家都知道我是收集民国杂志的，我很清楚一本刊物出版到一百期是一件很困难的事情，当然现在形势不同了，一百期并非遥不可及的大难关，所以《开卷》百期我们小小地庆贺一下就可以了，两百期才值得大庆特庆。"

当时我想两百期还早着呢，高瞻远瞩一下也无妨。谁料到，两百期这么快就到了，却略生伤感之情，八年前与会的李君维、陈乐民、吕恩不在了，他们未能看到《开卷》的两百期。如今我又想说，两百期小小地庆贺一下算了，三百期才是宏伟的目标。

附记：小文自微信传给董宁文先生，第二天他从微信中传来一段许多我所不知的故事。"（你）文章让我勾起几多回忆。吕恩的电邮是有一次我带杨小洲去拜访，期间谈到电脑写作之事，由杨小洲当场申办了邮箱。之后我与吕恩电邮联系较多，直到她去世前最后一次入院，我还通邮等她回家后，再确定此前商定为她印一本小书放入《开卷》书坊第一辑，后因她去世未果。桑农为此写过一篇《待读〈龙套集〉》。吕恩与李君维20世纪40年代在上海时就互相知道，李君维曾想找她却无机缘，终于几十年后在《开卷》会上相遇，此后互通音问，君维先生似有文字记载。李文俊也一直想见君维先生，亦在此会相遇，彼此之后通信不少，乃晚年欣事也。还有不少闲话，微信上手写颇不便也，就此打住。"

2017 年 7 月 10 日

垂钓与阅读

　　这本出版于 17 世纪英国的《钓客清话》，姗姗来迟中土，十七年前才有了中译本，我马上欣喜地买来阅读。最近朋友又送我新译本，给了我再次阅读的愉悦。新旧译本的译者都是缪哲先生，他说："大约四年前，我从波士顿一家旧书店里，购得《钓客清话》的第四版（1840 年），《读库》主人老六喜其插图之细腻，遂鸠工精制，移入这新的版本。"老六是读书界名人，选书眼光毒准狠，被他相中的还有《巴黎烧了么？》等名著，回炉重铸，本本熠熠闪光。

　　《钓客清话》著者艾萨克·沃尔顿（1593—1683）也是位插图迷，他说："不喜欢这书，犹有说也，不喜欢这幅出色的鳟鱼图，却是不该的，另几种鱼的插图，我也不忌夸一夸，因它们不是我的手笔。"这书里的插图不全是鱼，另有风景、人物、垂钓、建筑与优美的文字共同组成一幅"万事无心一钓竿"的读书图。

如果你以为这书是纯粹讲述钓鱼技艺的，那你只猜对了一半，或者说低估了这书的文学意义和哲学意义。缪哲说："一部讲渔钓的书，被人当作文学的经典读物，是一定有我们所称的'风格'的。""对疲于现代生活之混乱、繁杂的人，这样的书，是避难所。我有感于自己的生活，每以此书做我精神的备忘。"避难与备忘，于我还没到那种程度，我只求获得片刻的陶醉，陶醉于沃尔顿的文思之美。"但愿长醉不复醒"是不现实的，读再多的书也无法摆脱生活中的烦恼和困惑，只求不被生活击倒而已。

我同意缪哲对本书的深刻理解："《钓客清话》写的是垂钓，但不是钓鱼人的技术指南，而是垂钓的哲学，垂钓中体现的做人的理想、生活的理想，即简单、忍耐、厚道、知足等。"其实，我们自己也有类似的书，如《象棋与棋话》。

说到《象棋与棋话》，我才想起有必要说明《钓客清话》是中译名，原书名是《完美的钓鱼人——沉思者的娱乐》，比较起来中译名简洁明了，朗朗上口，符合中国读者的习惯。此外，"话"字与我们亲，好组词如"诗话""词话""曲话""书话"，由来已久，深入人心。缪哲提到杨周翰教授（1915—1989）于《十七世纪英国文学》中将此书译为《垂钓全书》，我觉得这个中译名过于老实，尽管董桥也赞成"垂钓大全"的译名。从另一角度也提醒作家，书名乃头等大事，切不可率尔操觚。

《钓客清话》乃沃尔顿花甲之年的作品，老树开花"从此不朽"。所谓不朽，说的是这书自问世之后，"已出版过一百多版"（安德鲁·朗），并衍生出一部《〈钓客清话〉版本录》来，足证其名著的地位。不光如此，此书的早期版本"洛阳纸贵"，早已千金难求。初版本乃"棕色的羊皮或小羊皮做封面"，名贵异常，富有的藏书家才有可能买得起。董桥称："20世纪80年代中期我重访英伦遇见过一部1653年初版本，品相不坏，开价1100英镑，旧书商Seumas Stewart说1676年的三书合订的第五版已经涨价涨到4600英镑！"

关于这部书的开本，也很有意思。一开始真就成了钓鱼爱好者的工具书，"一本售18便士的小八开本，整日被垂钓者带在身边，历经5月的阵雨，6月的骄阳，肯定要翻烂的"。

从钓鱼工具书到书案必备的散文名著，《钓客清话》成功实现了华丽转身。

2017年2月14日

三十年前的月亮

——读《喜剧作家》

　　读止庵写于三十年前的小说集《喜剧作家》，我想起张爱玲的话："三十年前的上海，一个有月亮的晚上……我们也许没赶上看见三十年前的月亮。年轻的人想着三十年前的月亮该是铜钱大的一个红黄的湿晕，像朵云轩信笺上落了一滴泪珠，陈旧而迷糊。老年人回忆中的三十年前的月亮是欢愉的，比眼前的月亮大、圆、白，然而隔着三十年的辛苦路往回看，再好的月色也不免带点凄凉。"

　　如今我已然是老年人，隔着三十年的辛苦路，回想起的是三十年前的北京，过往的一切浮现在眼前，唯独没有月亮。赏月，一要身居高处，二要空旷之野，才称得上赏，闲逸的心情也是必要的，而我当时这三个条件均不具备，虽然今天仍旧一无所有，但是人生的阅历有所增益。

　　说出来很是有点儿不好意思，这次读止庵的《喜剧作家》，是我平生读过的第十九部小说（包括古今中外），当然算上少年时代的"三红一创"及《青春之歌》《钢铁是怎样炼成的》等，也许不止此数。关于外国小说，我通读过的只有《红与黑》，读得似懂非懂（其实就是没读懂），就像如今看外国电影，看过之后非得上"豆瓣电影"再看看高手的影评，才大略理解电影表达的是什么。电影与小说都是讲究技巧的艺术，电影你都看不明白，小说就更甭提了，稍微沾一点儿什么抽象、意象、意识流、现代派，我准晕菜。

　　话虽这么说，也不能说我一点儿都读不懂《喜剧作家》，我有我的优势，止庵写20世纪80年代的北京，我全程经历过，"流泪眼观流泪眼，断肠人送断肠人"。只不过感受不同罢了。作为读者的我自具立场，作者止庵亦自具立场，作者仅一个人，读者却成千上万，他们的感受如万箭齐发。万箭齐发和万众瞩目一个性质，终归不要冷场才好。

　　读小说我是菜鸟，所以我总结出一个简单粗暴的方法，这个方法来自看电影的经验，一旦出现我不喜欢的字眼和句式（如同不喜欢的演员和台词），立即罢读，这次读《喜剧作家》也不例外。止庵没有让我失望，写于亢奋的20世纪80年代的这几篇小说，居然没有一字一句让我觉得讨厌，只有"百万富翁"这词有点碍眼，也是属于绕不开的人物身份。也许正是由于止庵这种不贴近时代甚至漠视时代的语言风格，这几部小说在三十年前毫无反响，使得止庵文学之路戛然而止。小说受挫，止庵转投随笔，因祸得福，20世纪90年代随笔大热，止庵脱颖而出，声名鹊起，再自随笔转行成为传记作家也大获成功。止庵三十年来的文学生涯，仿佛一场圆满的战略大转移。

空话说完，再谈具体的读后感。《姐儿俩》虽然列于《喜剧作家》的第一篇，却是全书五篇之中写作时间最晚的（1987年9月），其他四篇《走向》（1986年）、《墨西哥城之夜》（1986年）、《喜剧作家》（1985年）、《世上的盐》（1985年）。这两年的时间，写作技巧上有什么微妙的变化，也许只有作者清楚。这样的排序无意间帮了我的忙——读小说必得从头读起，我认为自己大致读明白了《姐儿俩》的故事。

姐姐沈泠泠拼尽全力想得到母亲的原谅，母亲却至死也不原谅女儿，诅咒着、骂着——"滚""我不是你的妈"。如此绝情，因为什么呀？止庵平淡地叙述："大约1970年前后，有消息说沈泠泠的父亲自杀了。他给兵团的大女儿写了封信，议论了一些当时不能议论的问题，沈泠泠把信交给领导了，又转回他所在的五七干校，只一次批斗会，他就上吊死了。"

人命关天，自此沈母和沈泠泠都认定"杀死父亲的凶手"就是沈泠泠。沈母带着"永不宽恕"死去，"不孝女"沈泠泠一直欲以"服侍母亲，扶养妹妹"来赎罪，却始终不得心灵之安宁，制造这起悲剧的元凶却跟没事人似的，轻飘飘地甩来一纸"平反"全身而退。

妹妹沈梦儿没有历史包袱，生活得随心所欲，跟着那位畜啬的百万富翁"密斯脱赵祖怡"移民美国。一家四口从此天上人间，恩怨皆化为无形。

我认为《姐儿俩》是《喜剧作家》里最好看的，也是写作技巧最高明的一篇，因为止庵参透了书中的这句话："真实都是平淡无奇的，这也就要了小说的命了。"

第二好看的是《走向》，这是以我的水平而定的排位。《走向》与《姐儿俩》一样，有着很多20世纪80年代所特有的名词，有着我熟悉的胡同生活的细节。三十年前，开灯的方式是拉灯绳，甚至为了起夜方便把灯绳拴在床头；三十年前，取暖的方式是煤球炉子，这个炉子兼有别的功能，如烧水、烤窝头或馒头、烘干湿衣服。夜里要封炉子，这可是个"技术加经验"的活儿，"生炉子"与"封炉子"一样不容易，《走向》里均有细致的描述。1970年冬，我的母亲去世的那天早晨，她要上班，炉子灭了，她问躺在被窝的我会生火吗（这是母亲说的最后一句话），她又去饼干筒掏饼干，饼干头天被我偷吃光了，母亲饿着去上班，下午就死在办公室了。《走向》所诉说的困境我未尝没有经历过，可是写小说只凭经历远远不够。

《墨西哥城之夜》这篇，怎么说呢，那种生活的尴尬我没有体验过——离了婚的男人无处可去，只得与前妻夫妇及自己的女儿同处一室。我经历过的尴尬与此有别，家里只有两小间平房，插队的兄弟姐妹及远在青海的父亲扎堆儿返家，我只好去单位值夜班，值一夜三毛钱，最多是连续值十三天挣到三块九。1986 年的足球世界杯在墨西哥举办，头一年墨西哥发生大地震，球迷担心墨西哥办不成了。本篇哪里是谈什么足球呀，尽管像个行家似的提到了"曾雪麟"这个"五·一九"惨案制造者。我是球迷，只熟悉"墨西哥"，"墨西哥城"也许是作者取钱钟书的"围城"之意吧。

网络时代，文章越短越受欢迎，超过两千字就招读者烦了，尽管意犹未尽，就此搁笔为妙。说来，我只是借《喜剧作家》这杯酒，浇自家胸中之块垒而已。

2017 年 1 月 8 日

一年来的买书与读书

虽然我一直以启功的"来日无多慎买书"来告诫自己少买书，多读书，可是几十年来的书瘾如烟瘾，戒亦难。

1936年，世界书局出版足本《三国演义》。买书之所以成瘾，必有其高妙不可理喻之处。有句老话是"心想事成"，便应在这本《三国演义》上了。三十年前我初猎旧书，在琉璃厂海王邨见到世界书局出的一系列精装书，最喜欢的是四大名著，五彩封面，书顶刷红粉。四大名著里我最喜欢《三国演义》，偏偏极度缺货，三十年来未在书摊、书店见过它的模样。前些天我去琉璃厂参观胡从经（柘园）新文学绝版书拍卖，几位书友借机聚聚。旧书之衰败，从柜台里的货色可窥一斑，《世界知识画报》一捆居然陈列在柜里，年头真是变了。正发着"今不如昔"之叹，忽然见到柜里有一排世界书局的精装书，国学居多，不是我的菜。再细瞅，国学里夹着一本我苦苦追索的带着黄色护封的《三国演义》，正是它。几位书友是不会跟我争的，我担心的是价钱不要太贵。女店员开锁拿出《三国演义》，护封有修补，我略不喜。书后有几个定价，我知道是早年的定价，不会按价卖给我的。我故意问："这书的价格呢？"女店员找了找，找到一个很浅的铅笔字"1800 元"，我自言自语："要是 800 元，我就要了。"女店员不接话，我又翻了翻，放回了柜内。回家上网，居然搜到一本跟白天看到的《三国演义》一模一样的，价钱是"800 元"，我大喜过望，当即付款"805 元"，连卖家免邮费的消息也没来得及看。我得到的这本书，护封外还带着原玻璃透明纸，护封画是妇孺皆知的"三英战吕布"。另有一喜，书内有赵苕狂（1892—1953）所写的《三国演义考》《三国人名辞典》及李崇孝《三国地理辞典》，均有助于阅读。

2015 年山东图书馆编《五里山房捐让山左珍贵文献特展图录》。这本书无定价，但是流通到市场便有了价，反正我是90 元买来的。"读书记"不必写书价，"买书记"则非写不可。"五里山房"是齐鲁书社资深编辑周晶先生的书斋。周晶较为人知的事迹是主持《藏书家》杂志，周晶本人亦雅好藏书，且富珍稀古本。"山左"乃山东省别称，周晶素喜收集乡邦文献，几十年用心于此，已成规模。人生苦短，聚散无常，为了给这些宝贝找个安稳的归宿，公立图书馆当然是周晶首先考虑的，这才有了"捐让"——藏书者"及身散之"比较理想的途径。我向《藏书家》投稿，承周晶赏识，一直不间断地采用拙稿，而且成为相谈为乐的书友。2000 年冬某日，周晶电话告诉我济南古旧书店有民国图书杂志展卖，我连夜赶赴济南，后来撰文《二十四小时泉城淘书记》记此事。

2013 年北京西城档案馆编《展览路记忆》。这书也不是公开发行的，所以也没有定价。我是 16 块钱买的，不好意思，物美价廉。展览路因苏联展览馆而得名，苏联展览馆旁设"莫斯科餐厅"，俗称"老莫"，在那个年代是令人向往的饕餮圣地，时髦的代名词。姜文电影《阳光灿烂的日子》里"老莫"多次出镜。北京还有城墙的时候，展览路那片就是城外的荒郊野地。1983 年，我搬到展览路近旁居住，一直住到现在，所以这书有那么点"乡邦文献"的意味，材料和照片出自档案馆，亦令人高看一眼。近年来总在说什么"历史档案"对公众开放，我却从未动心去调阅神秘的档案材料，就算是公立图书馆，我也从未利用过。能够从本书中感受古都之"沧海桑田"，展览路一带，即是古城变迁的一个缩影。

1999 年经济科学出版社出版《古都旧景：65 年前外国人眼中的老北京》。作者是美国人刘易斯·查尔斯·阿灵顿

（1859—1942），1920年退休后在北京居住，从事写作研究，此书（原名《寻找老北京》）1935年在上海出英文版。阿灵顿在中国（主要在北京）生活工作五十余年，几乎占据了全部有效生命。本书被公认为继喜仁龙《北京的城墙和城门》之后第二部外国人研究北京城的著作。阿灵顿此书的框架和写作顺序，与陈宗蕃《燕都丛考》有着异曲同工之妙。同是围绕北京四九城转悠着写，陈宗蕃从城池宫阙写起，而阿灵顿从使馆区写起；陈宗蕃是掌故家写法，阿灵顿则是游客的写法。阿灵顿书优于陈宗蕃书之处是，陈书只限于城墙之内，阿书于围城之外也给我们留下了他的印象。我有个小小的研究，住处附近有座建于明朝万历年间的慈寿寺塔，寺废塔存，这是中国古建筑的共同命运。阿灵顿居然来过慈寿寺塔，他竟然给我留下了一句珍贵的材料："马路对面是两棵极美丽的银杏树，也许建寺时就有了。"据《树之声》作者的研究，这两棵银杏的位置即是慈寿寺大门的位置。好了，我不能再剧透小小的研究。

2010年国家图书馆出版社编《善本书题记——民国期刊资料分类汇编》。本书定价480元，我乃半价得之，其实半价都嫌贵，为什么呢，因为"善本书"于我很遥远、很陌生，只有"民国期刊"于我亲。将旧杂志里的文章分分类，出成单行本，一直以来出版商都是这么运作的。另外一种常见的做法是整套的影印旧杂志。这两种"资源再利用"的出版方式，我个人也曾多次拿出私藏以求一逞，只成功过一次（1946年至1949年全三十八期《电影杂志》），而且是正式出版物。但是付出的"杀敌一千，自损八百"之惨痛代价，我只得自吞苦果。

1944年方纪生编《周作人先生の事》。此书由东京光风馆出版，仅一千部，留存到今天及流传到中土，都是很不容易的事情，因此能够在自己的书架上安放这本书，一直是我的愿望。1993年我读了姜德明先生的文章《周作人纪念集》，知道世上还有这样一本书。据我的了解，姜先生存本来自我们的旧书店，而最近我的这本及两位朋友的存本均来自日本旧书店。我对方纪生（1908—1983）有所了解，更早以前买到过方纪生主编的《朔风》文艺杂志，其中一期还是方纪生签赠纪果庵（1909—1965）的，签在封面上，细小的钢笔字。我的朋友陈晓维君自日本买到此书，竟然还是方纪生签赠本。签名本如今乃重灾区，造假作伪，防不胜防。陈君吃不准方纪生的字体，想起我曾提过方纪生签赠纪果庵这档子事，要求拿来比对比对。

我的这本《周作人先生の事》是止庵先生送给我的，我说这么贵重的书我一定要付钱，止庵坚不受值，他说你托我在日本买的书我当然要收钱，而送书没有收钱这个理，就此欠了一份友情。接着又欠了一份友情，七十年来风霜雨雪严相逼，尽管日本人爱护书世界闻名，无奈岛国气候不给力，此书书脊受潮拱了起来，不修不行，非修不可。这修书的活儿只能麻烦老友柯卫东，三百六十行，唯缺修旧书一行，烧香找不到庙门。书修好的那天约好在琉璃厂见面，老柯曾在公交车上丢过珍本书，所以我给他发微信叮嘱一定加小心。见了面，他把书交给我，修得真棒，我要打开透明袋，老柯说别打开，还没压够呢，一见空气就翘棱，他告诉我至少压到今冬。过了好大的工夫，老柯才不紧不慢地说，刚才在"馄饨侯"吃馄饨，难吃死了，一生气扭头走掉，走到"一得阁"才发现手里怎么是空的，急忙跑回"馄饨侯"。万幸！《周作人先生の事》还在长凳上呢。

刘春杰著《私想鲁迅》，2013 年 8 月广西师范大学出版社初版。有一类书很像时下极为畅销的保健品，吃不死人，也保不了健。《私想鲁迅》就是一本文化保健品，陈丹青、孙郁两位正直君子为其当医托。刘春杰是位木刻家，于是乎本书的插图自产自销倒经济划算。如果只是木刻集子，在下无甚高论，偏偏木刻家不安于位，挥刀之外尚有余力舞文，且故意将"思想"谐为"私想",这引起我的不快。我说过"周氏兄弟失和"是块试金石,刘春杰人云亦云"经济说"不出意外,成色原本不足嘛。不慎而买了一本孬书,犹如馒头上落了一只苍蝇,如果你把孬书看完,等于把苍蝇吃进嘴里。

《石挥谈艺录·雾海夜航》是北京联合出版公司2017年5月出版的,主编李镇。此书三大卷,我未全买,只挑了《雾海夜航》这卷,因为内中《古城探母回令记》这篇我以前没读过。我接触石挥的文章,最开始是在民国杂志上面,石挥唯一的单行本《天涯海角篇》很早的时候我就购存了。石挥最显赫的身份是"话剧皇帝",当初并未细细体会石挥文字之美,及至读过《古城探母回令记》,才如梦方醒。如果评选现代散文十佳的话,石挥此篇应进前三,至少排在《春》《背影》《落花生》前面,要输也只输给《从百草园到三味书屋》。主编李镇为本书的史料文献搜集做出了艰苦卓绝的工作,真心地说一声谢谢。可实在憋不住真心地提一个小意见,第63页的"页下注"(石挥撰写本文时,北京在日本侵略者的控制下,眼中所见之灰色均有感情色彩,注得甚不高明且强作解释,如果石挥写"蓝蓝的天"又该作何解)。

张光正编《近观张我军》是台海出版社2002年2月出版的。如今很多出版社版权页不标印数,我不知道其中有何苦衷或猫腻。不标，我猜想这本书也印不多，两千册顶破天了，谁知道张我军是干啥的，百度上称张我军是"台湾文学清道夫"与"台湾的胡适"。本书编者是张我军长子张光正，由此我想到，一个边缘作家去世之后，如果作家后人不摇旗呐喊有所作为一番的话，作家的身后名立马冰解云散。后人若给力，则张我军一百周年诞辰，多少还能有一本纪念集。说来，我与张我军有那么一点儿时空交错的关联，张我军在北平的居所是手帕胡同路北五十一号，我在石驸马大街第二小学念书的时候，有个男同学住五十一号，我常去这个院子玩，前些年凭记忆找到五十一号，怀念了一下模糊的小学旧时光。

1924 年 10 月，北京民国大学出版了《北京民国大学一览》。买这书的动机我不说别人绝猜不出来。很显然，我没在民国的学校里读过书，所以我不是为了怀念民国的母校而买这本书的。可是，"北京民国大学"又确实与我的中学母校（北京市第三十四中学）共同使用过醇亲王府（南府），也就是说同一个校址曾经历过的两个不同时代的学校。醇亲王府因诞生了光绪皇帝而闻名天下。民国之后王府变为学府，一度由"北京民国大学"租用。民国大学的创办者为蔡元培，校长马君武、校总董顾维钧等皆一时名流。20 世纪 50 年代王府一分为二，中央音乐学院占据一大半，我的母校占据一小半。音乐学院出入王府正门，母校则开墙破洞，凿了个东门以利进出。今日观昔之北京民国大学校园全图，尚存王府雍容华贵之余韵，房舍院落尚森严齐整，引入府内的太平湖水尚波光粼粼。如今王府依然在，只是朱颜改。音乐学院还在，我的母校则去向不明。

过士行著《我和鱼，还有鸟》，中华书局 2015 年 10 月出版，印 8000 册。不知何故，我一看到"过士行"这名字便肃然起敬，"行"这里不念"杭"吧？"教他俗子终身不识太行山"的故事一直未敢忘记。过士行有一天对我的一位好友说，你怎么将"解玺璋"写成"谢其章"啦。解玺璋是《梁启超传》的作者，他和我一样纳闷，为什么许多人将我们俩混为一人呢，我说这个问题也许只有吕叔湘能解决。聪明过人的过士行尚且如此，也就怪不得五十年未曾见面的小学女同学在电话里问："谢其章，你怎么老在《北京晚报》上写文章呀？"事实上，解玺璋曾任《北京晚报》"五色土副刊"的主笔。

过士行这书有自传的成分，以随笔的形式出之，我喜欢读。过士行写的北京、写的经历、写的情感，多数能引起我的共鸣，甚至感觉我写的话也是这套词、这套口气，甚至我也想写这么一本披着散文外衣的自传。过士行出身围棋世家，天生记忆力好，我天生记忆力差，只有一个也许可算写作自传的优势——自初中二年级至今一天不落地记日记。

抽印本《日本之再认识》，著者周作人，日本东京国际文化振兴会1941年初版。此书罕见，多年求之不得，承老友王玶惠赠，一偿宿愿。止庵于《藏周著日译本记》内将此书介绍得非常完备了，我只有两小点补充。一是，版框为单栏（单边）。二是，版权页是一小块纸，像贴藏书票似的另贴在封三的下面。止庵存本没有这张小纸，也许是出版者漏贴了。韦力新著《上书房行走》里面有一篇是写我的"老虎尾巴"，俞晓群社长问我："老谢，给你的'老虎尾巴'做个抽印本如何？"如今真的在做了，除了韦力拍摄的照片外，我又提供十来张照片，美其名曰"老虎尾巴变迁史"。抽印本，大可一玩，我觉得比笔记本好玩。

梁绍壬著《两般秋雨盦随笔》，上海古籍出版社1982年8月第一版。此书我已有民国"一折八扣"版，上下两册，三十年前买的。当年并不知道"一折八扣"书不上档次，只是看着封面画好看，还是旧书旧色的模样。董桥非常喜欢此书，曾云："那年暑假临尾一个星期，我用心重读整部《两般秋雨》，满心欢愉，从此逛书店看到不同的新版旧版都买，寝室简直快成（百）般秋雨盦了。"董桥这个话等于是解释了"两般"的用意。我们习惯了"百般刁难""纵有千般不是""一般而言"等，忽然冒出了个"两般秋雨"，一时诧异这种用法。董桥最近又夸奖此书："笔记写成文学，小品写成笔记，文采最是关键。梁绍壬的《两般秋雨盦随笔》光是书名就文学得不得了。"董桥把《两般秋雨》说成版本众多的畅销书，我不了解港台那边的行情，但是在咱这边好像凑不齐"百般秋雨"吧。上古版《两般秋雨》"点校说明"里的这些话反倒说明我以前的"一折八扣"版别有价值："因《下体》篇没有什么意义，所以整理时即删去……卷八中的《妒律》篇，反应封建地主阶级玩弄女性的腐朽思想，亦一并删去。"上古版所删于"一折八扣"版却完好无损地保留着呢，大可不必多虑读者的免疫力。

魏绍昌著《我看鸳鸯蝴蝶派》，台湾商务印书馆1992年初版二印。这书有三个版本，最早的是1990年香港中华书局版，台版居次，最晚的是2015年上海书店版。我最早入手的是香港版，很喜欢魏绍昌随笔札记式的写法，没有学院派的腔调，而且插图书影也丰富。台湾版"补充了一些港版未及收入的文字与图片"，当然也是应该买的。魏绍昌将鸳鸯蝴蝶派作家划分为"五虎将"及"十八罗汉"恰如其分，比之时下生拼硬凑的"某某点将录"高明多了。书中的《装帧与插图》章节，能看出魏绍昌个人趣味来，我也是因为这个趣味而大肆搜集鸳蝴派书刊，终极目标是世界书局插图版《春明外史》。

邓中和著《编辑与装帧》，首都师范大学出版社2010年7月初版。此书乃"书林守望丛书"第二辑之一，定价40元，我是连邮费四折买来的。这套丛书的作者多为新闻出版界中人，其中有两位作者与我有着非同一般的关系，第一辑中《为书籍的一生》作者潘国彦是我表哥，去世后这本书才出版，我曾写有《新闻战线的一名老兵》来悼念表哥。第二辑中《编辑之歌：怀念远去的英才》作者方厚枢，是我家三十几年的邻居，我从小称呼他为"方先生"。前几天我再次向父亲求证一件事："方厚枢是不是您推荐之后才调来北京的？"父亲大声地喊（耳背的人说话声都大）："当然是我了！1951年'中图公司'有个内部小刊物，油印的，我是主编，方厚枢经常投稿，挑错字，提建议，字迹很工整，我向上推荐就调他来北京了。方家来北京就分在按院胡同六十号，咱家住西屋，方家是南屋。"邓中和这本书，我是冲着"装帧"两字来的，作者讲了很多书籍装帧理念，讲得都对，可是实践出来的作品真心不敢恭维，我很想提醒作者一声，他的理论与实践是不是哪里脱节了。

小北主编《胡兰成全集·丙辑·书法与诗词》，槐风书社2017年3月初版，印500部，定价500元。印字的纸和印图的纸，应该选择不同的纸，我不是很清楚这种区别，只知道有插图的书，插图页的纸会较光滑、较厚实。手头的这本胡兰成的书，总感觉哪有点别扭，整本书一律是煞白煞白的道林纸，煞是刺眼。我看不出版式上有啥构思，白纸上印了图片和文字而已，我疑心它是街头巷尾小作坊的产品，稍微会点儿电脑的人在家里也干得了这个活儿。买这书完全是因为里面的两首诗，《中秋夜忆张爱玲》（1952年）和《夜梦张爱玲》（1948年）。

邵绡红著《乐爸爸所乐》，南京师范大学出版社于2017年2月出版。作者是邵洵美的女儿，十几年前与我通过电话，一直保持着联系。老人会电脑，也会发邮件，承老人家看得起，其实我哪里有资格给邵洵美写序，这不是佛头着粪嘛。这次邵绡红又寄来了新书，我忽然有点儿自责，从来不回送老人家。说句不好听的话，"礼尚往来"对我无效。前几天有位作家来电话要送我一套书，我很不近人情地说，喜欢的书我会自己去买，这套书你还是送给更需要的人吧。我自认为对《论语》杂志知道得挺多了，但是仍旧在《乐爸爸所乐》里找到一条好玩的资料——"这期《论语》（第一百二十一期）印好，已经装订，正待发行，突然接到当局新闻审查部门的通知：孙敷的《中华官国宪法》一文禁刊。洵美考虑再三，连忙命书店把杂志全部送到自己家里。发动全家人配合厂里来的师傅一起动手，撕去那几页，然后再运回去发行。"看到这里，我马上找出自存的第一百二十一期《论语》，这几页确实撕掉了，而且在目录页孙敷文上盖了蓝色的"删去"两字。第一百二十一期是 1947 年 1 月出版的，此时邵绡红十六岁，假如我的这本是她撕的，那就太有意思了。我有两套《论语》，另一本第一百二十一期没在手边，如果漏掉没撕那就更有意思了。

朱慕松的《塞北征程》是南京新中国报社 1944 年 5 月出版的。这本小书不到 100 页，我却花了 600 元买来，没有法子，如今旧书已成稀缺之物。作者生平未详，曾任职上海《杂志》社记者（1945 年 7 月 21 日晚，朱慕松参加了主角是张爱玲、李香兰的"纳凉会记"座谈会），经常发表纪实随感一类的文字，这本书则是他的"华北之旅"。作为南方人，对于北方也许有一种陌生的敬畏，带有一些探险的意味，不然也不会用"征程"这个词。我根据作者叙述的次序，给出个路线图，张家口—大同—太原（作者称太原是"华北物价最低的都会"，有着"军警半价"的欢乐巷）—娘子关—开封（康有为诗云："中天台观高寒，但见白日悠悠，黄河滚滚。东京梦华销尽，徒叹城郭犹是，人民已非。"）—北平—石门—济南—青岛。作者以职业的敏锐眼光，将搜索到的有关民生、物价、时事、风俗、古迹、人物等资料细致地记录下来，而且配有照片。一卷在手，我感觉那个时代分明就是那个样子。

王成玉的《书话点将录》于 2017 年 8 月由文汇出版社出版。作者的一位朋友也是我的朋友，朋友说："老谢你不必买，我让作者送你一本。"我回绝了朋友的好意，自己掏钱买了一本，自己掏钱的好处是评论起来大可"放言无忌"。本书作者的文字及学识比之《现代学林点将录》作者胡文辉差得不是一星半点儿，但是胆量实在惊人，有点儿像大跃进时代的口号："人有多大胆，地有多大产。"《点将录》必备的"诗曰"居然没有吓倒作者，且摘两条，一条"天猛星霹雳火秦明·鲁迅"，作者诗云："早岁抄碑旧楼中，博极群书辨异同。朝花夕拾随便翻，别样书话别样红。"一条"地暴星丧门神鲍旭·谢其章"，作者诗云："今生今世为书狂，搜书三记旧时光，由藏而读多故事，南玲北梅费评章。"且不说将鲁迅撮进书话堆合不合适，先听听我的朋友宋希於所言："这诗真差，平仄一塌糊涂。"我想套用钱钟书的话送给作者："于书话实无真解，评骘语每令人笑来。"此书甫出，毁誉参半，弹赞皆有，我说了一句公道话："老王写得烂是事实，老王抢了先手也是事实。"以后说起"书话史"必绕不开这本书。

子安的《藏书票札记》是生活书店出版有限公司于2017年6月出版的。前天我去天桥艺术中心模范书局参加这本书的沙龙，主办者送了我这本书。作者已出过两本藏书票的专著，在报刊上藏书票专栏上的文章我也读过，说实话，我不很感冒国人写作的藏书票文章，也对藏书票在中国的发展前景不看好，这些意见在沙龙上我也畅所欲言过。这本书是马未都写的序，第一句话就漏了怯："鲁迅先生在20世纪30年代曾热衷于藏书票。"前几年就听说马未都从国外买回十几万张西洋藏书票，随即有人预测藏书票价格会迎来一轮高潮。子安的优势是懂外语，能直接与外国藏书票收藏家交流（交换），甚至住到人家里。子安是世界各国藏书票大会的常客——只有协会会员才能参加的盛会，所以子安居高临下、热情满满地看好藏书票与我们国情相适应。

吴福辉《多棱镜下》，人民文学出版社2010年2月第一版，印数3000册，定价45元。作者是现代文学研究学者，20世纪80年代深度参与现代文学馆的筹备、筹建，曾任中国现代文学馆副馆长。我是知道作者学术背景的，因此"多棱镜"这个不明就里的书名挡不住我，对于"我也穿过松紧不同的鞋子（代序）"亦见怪不怪。学问是一回事，文笔又是一回事。作者在《唐弢藏书文库随想》里写道："今天，唐弢先生有知，见到读者们手捧他用一生精力搜罗起来的书刊，在现代文学馆明亮的阅览室里安安静静专心用功的情景，一定会含笑不止的吧。"且不说唐弢藏书是否借阅给普通读者，也不说唐弢藏书该不该贴标签，更不说作者的文字与初中学生何其相似乃尔，只想说"含笑不止"通不通。本书的学术价值在于对"海派文学"、晚清民初画报画刊、上海民国小报的拓展研究，我曾从中受益良多。

　　黄乔生《八道湾十一号》，2015 年 6 月生活书店出版有限公司第一版。此书有平装、精装两种，两种我都买了，实在喜欢"八道湾十一号"，写得好不好是另外一回事。作者为鲁迅博物馆副馆长，资源得近水楼台之便，如何看周又是另外一回事。以我之见，本书等同于半部"周作人传"；还是以我之见，黄乔生的文笔远胜钱理群。非常遗憾的是，面对"周氏兄弟失和"这块试金石，黄乔生亦大失水准，于"经济说""拆信说""非礼说"之外，竟独创出"经济说"之变种"大哥的收入却不如弟弟高"之说，简直是大倒退。

　　作为门牌号的"八道湾十一号"，我曾写过："知堂老人的八道湾十一号的拆掉，怀旧分子长吁短叹，好像自己的祖宅被拆掉了。我去过十一号三趟，一次是独自一人走旁门，一次是与止庵进正门，最后一次是和文珍远远地望着废墟。知道将拆的时候，我曾鼓动年轻朋友去搞个纪念物来，朋友果然去了，没搞到前门的，只把旁门的门牌搞到了。"

（美）约翰·埃利斯《机关枪的社会史》，2013 年 7 月上海交通大学出版社第一版。小时候看电影，我最爱看打仗片，小伙伴谁要是抢先看了一个电影，我们马上问："打不打？"1963 年拍摄的电影《红日》，在打仗片里口碑远不如《南征北战》，张灵甫退守孟良崮被军事家称为败招，其中有一个细节是，孟良崮山上没有水，这对于水冷式机关枪来说是致命的，没了水的机关枪还不如一根烧火棍。小伙伴口中的"歪把子机枪"（日产）多出现在抗战电影里，其实机关枪发明者属于西洋人。机关枪在 1900 年的义和团运动中大显威力，我一直纳闷，为什么区区租界久攻不下，本书里给出答案："义和团运动中，在北京的多国士兵和外交官发现自己被起义者包围在使馆区。在一挺奥地利马克沁、一挺美国勃朗宁、一挺英国诺登费尔机枪的帮助下，防守很占便宜。最终，远征队凭借着十挺可用的机枪，帮助他们解了围。"史蒂文·斯皮尔伯格导演的电影《战马》，我是在电脑上看的，屏幕上不断掠过网友的短评，其中一句把我逗乐了："马克沁机枪教你做人！"

《今古奇观》是1937年6月文艺出版社出版的。此书不是什么罕见的书，但是我买的这个版本很是稀罕，不能像普通书那样对待它，我另外加包两张书皮再装进书匣里。我认为"文艺出版社"就是世界书局的副牌，只见过世界书局所出的图书是这么个装帧法子（前面的"买书记"介绍过的足本《三国演义》亦出自世界书局），精装，书顶刷褐红色，护封彩绘故事图画，外层使用透明玻璃纸，用今天的话来说就是"标配"吧。透明玻璃纸如今在日本和中国台湾的旧版书尚偶尔可见，别具一种书衣的朦胧美，同时还保全了封面画，使之不褪色。这书不是为了展读的，"购而藏之"和"购而读之"是有差别的，稍不留神损坏了杜十娘或玻璃纸，心疼死了。

《知寒轩谈荟》，由郭则沄主编、郭久祺点校，2015年12月北京出版社初版，定价68元。资深编审杨良志先生赠书于我，他知道我喜欢笔记掌故类书。这类书属于小众读物，这些小众读者岁数可都不小了，至少是四张五张开外的老夫子，我戏称为"少儿不宜"读物，如果二十郎当岁痴迷读此类书，要算早熟吧。编纂此书的郭则沄曾任徐世昌总统任上的国务院秘书长，四十多岁辞官归隐，后半辈子著书讲学，吟诗作赋，游览山水胜迹，寻购图书文物，倒是一种诗意的活法。郭则沄与友人在北海团城成立了"北京古学院",不是通常意义上的学院,有一点国故沙龙的意味,置身世外,终日聚谈,最终整理成书,名《知寒轩谈荟》,内容有趣极了。北海团城,仙境一般的地方,城上有两棵千年古树,乾隆赐名"白袍将军"和"遮荫侯"。已故黄裳先生的《京尘琐录》中有一篇《团城》,那是 1950 年的事情,黄裳访问时任文化部文物局局长的郑振铎,"文物局在哪儿?文物局在北海旁边的团城里。""我向他道贺'这个办公的地方可真够风雅!'"

《舞文詅痴》,黄恽著,2017 年 3 月东方出版社初版,定价 42 元。苏州的黄恽是现如今写作民国文人掌故的少数人中个性稍嫌古怪的一位。黄恽的书名亦稍嫌古怪,如《秋水马蹄》,我担心书店会错看成"清水马蹄"而归到烹饪饮食类。书名如果不通俗不易懂,那么作者在序里必然要做的一件事就是解释书名的含义,果然黄恽说道:"北齐颜之推《颜氏家训·文章》说:'吾见世人,至无才思,自谓清华,流布丑拙,亦以众矣,江南号为詅痴符。'才思有无,丑拙与否,还俟读者品评。且再作一回詅痴符吧。"本书三十余则短文,我最先看的是这篇《北京〈中华周报〉中的张爱玲的消息》,说来也嫌小气,若干年前我写过《当年就没有"南玲北梅"这回事——以〈杂志〉为例》,我采用的是笨方法,翻检京沪两地的旧刊物，以期找到哪怕一条评选"谁是最受欢迎的女作家"活动的只言片语，结果当然一无所获，本来就是梅娘本人自编自导自演的一出闹剧。黄恽却在博客上说："近来看到杂志收藏大王谢某在《万象》刊出《当年就没有'南玲北梅'这回事——以〈杂志〉为例》一文，不禁哑然失笑。他不是按照应有的逻辑去做应该做的工作，却顾左右而言他，可以以《杂志》为例乎？如果可以以《杂志》为例，我们就也可以以《万象》（旧）为例、以《春秋》为例、以《中国文学》为例，以……可乎？如此写五千字，一言以蔽之，全是牛头不对马嘴的废话。我怀疑这篇文章是他人伪托，谢某何至于写出这样不讲逻辑的文章来？他是我的朋友，虽然不时在网站上来点卫嘴子、京片子之类的耍嘴皮子的滑稽文字，浅薄诚有之，逻辑思维当不会这样荒谬的，我相信。"黄恽更新博客勤勉之极，似乎到了微信时代也不曾放弃博客，与时不俱进，我极佩服。我欣喜地看到黄恽在此文中承认："那么1944年梅娘口中所谓'南玲北梅'也是不可能的了。"呵呵，这不是我使用过的笨方法嘛。

《那时儿戏》，王旭著，2017年5月北京十月文艺出版社初版，定价49元8角。曾经身为男孩的我，对于书中的儿时玩意儿几乎都是熟悉的，尽管我与作者的年龄相差二十几年，贪玩，抹平了岁月的鸿沟。怀旧的书如今出得很多，但写得好的并不多。本书的装帧真是棒极了，一点儿毛病也挑不出来，倒是那些个所谓专家评选出来的"最美的书"，搔首弄姿，故弄玄虚，非常做作。

《串门：生活的不同可能》，梵几主编，2017 年 4 月中信出版集团初版，定价 78 元。身处当今之世，处处是诱惑，处处是攀比，安贫乐道最是难事。我很清楚这辈子是过不上田园牧歌式的生活了，可是仍禁不住买这种不切我实际的书，贪婪地欣赏着里面的美图，虽然我明白照片有欺骗性，它拍不到草地上叮人的蚊子，也拍不出嗡嗡的苍蝇。本书所展示的十几种诗意的生活方式和工作方式，一个共同之处即离群索居或者"大隐隐于市"。另一个共同之处是，这些人均属于富足的闲适的中青年阶层。与苦行僧不同，这些现代都市人过的是精致的日子，这样雅致的房子并非他们唯一的居所，小孩子长大了照样还是得进入城里的学校。我不相信他们会一辈子扎根于斯，就像当年号召我们一辈子扎根农村。"仓廪实而知礼节，衣食足而知荣辱。"生活的不同可能，均离不开这个前提。

《棋王·树王·孩子王》，阿城著，2017 年 1 月北京燕山出版社初版，定价 38 元。我极少买当代作家的书（其实是一本也没买过），王朔是个例外。作为老北京我能心领神会王朔每一句的"话里有话"，好比东北人领悟赵本山的"包袱"要比南方人来得快。某天读王朔某文，这家伙把阿城夸的："阿城，我的天，这可不是一般人，史铁生拿我和他并列，真是高抬我了。我以为北京这地方每几十年就要有一个人成精，这几十年养成的精就是阿城。这个人，我是极其仰慕其人，若是下令，全国每人都必须追星，我就追阿城。那真不是吹的，你说他都会干什么吧，木匠，能打全套结婚家具；美术，能做电影美工；最不可思议的是，他在美国自己组装老爷车，到店里买本书，弄一堆零件，在他们家楼下，一块块装上，自个儿喷漆，我亲眼所见，红色敞篷，阿城坐在里面端着一烟斗，跟大仙似的。"王朔佩服的人一定是了不得的人物，我受蛊惑，读了阿城的成名作《棋王》，果然不同凡响，没有一丝新八股的媚骨。

《山的那一边：被俘德国将领谈二战》，（英）李德·哈特著，2011年8月上海人民出版社初版，定价45元。作者的名著《第二次世界大战战史》，我正在看，看得很慢，因为没有合适的大比例地图在手边。作者说："一切人类的回忆又都会受到后来所发生的事情之影响。"也就是说，既成事实左右了人类的回忆，不管你是胜方还是战败的一方。《山的那一边》

成书在前（1950年），《战史》成书在后（1970年），我的阅读次序和购书次序正好与之颠倒，好在这个颠倒无关紧要，前者的主要观点和材料已经全部融入后者。我明白，一部庞大的史著在写作进程中，不妨将若干自成一章的内容先行出版成单行本（类似我们这里的"征求意见本"），最后面世的史著实为集大成者。作者在《山的那一边》序言里称："尽管已对拙著进行了充分修正，但笔者仍不敢言自己是在'撰写历史'。撰写二战史的时机尚未成熟，只有在资料更为齐全的条件下才可能做到这一点。"李德·哈特虽然没有等到《战史》正式出版的那一天，其实他已经做完了该做的一切，大厦落成，剪彩可有可无。

《在老虎尾巴的鲁迅先生——许钦文忆鲁迅全编》，许钦文著，上海文化出版社2007年1月出版，定价20元。由于要写一本关于"老虎尾巴"的书，我想起许钦文是传播鲁迅"老虎尾巴"的第一人，便想到要买这本书当作参考。还有一个原因是，初刊《在老虎尾巴的鲁迅先生》的《宇宙风》乙刊被我收在书堆深处，若取出来工程浩大，不如另买书来得轻巧。该书号称"全编"，编辑者为新文学研究专家倪墨炎，本应令人放心使用吧。你猜怎么着，全书收文五十余篇，1949年之前的文章只收十篇，难道许钦文只写了这么少？我的

《宇宙风》乙刊虽然懒得翻出来，可是查找乙刊细目不是难事，仅以乙刊为例，许钦文还写有《鲁迅先生的报复手段》（三期）、《鲁迅先生的蜜月》（三十六期）、《鲁迅先生与乌鸦炸酱面》（三十七期）、《周鲁迅的妹子》（四十二期）、《鲁迅先生的说理谈情》（四十七期）等，却被专家级编辑者"割爱"。回忆文章，当然是越早越真实可信，编辑者不会不明白这个道理，只是碰到鲁迅便踌躇不前，今人或许是"想多了"。

《纸页上的文学记忆——民国文学短刊经眼录》，何宝民著，海燕出版社2017年1月初版，定价68元。书名叠床架屋，直接将副书名扶正不就得了。短刊，就是刊期仅两三期甚者"创刊即终刊"。本书介绍了五十余种短刊，大多是非常罕见的，如《离骚》《熔炉》《草莽》《生生》。我的第一本书《漫话老杂志》，好评不少，但我只记得一句批评："平淡寡味，流于一般性介绍。"如今用这句话来评说何宝民的这本书或许也是恰当的。这种卡片式的写法，讨好不了当下的读者，当然，添枝加叶煽情的写法更不可取。本书的附录《张爱玲与民国文学期刊》有点儿意思，虽然文字老套如故，但立场鲜明，总比"一对狗男女"受听得多。

《故都行脚》，赵国忠编，南京师范大学出版社2016年12月初版，定价48元。"故都"好理解，这里指老北京；"行脚"

稍生僻，出处是"谓僧人为寻师求法而游食四方"，现在通常的理解是"游走"或"旅游"。本书的主旨在于搜罗文化名人的"故都游记"，说来容易，做起来难。编者在前言中说："再没有比编这本书容易的事了。大凡对民国文坛稍有了解者，总能举出一些关于旧京风物的名家名篇……特别是姜德明先生编辑的《北京乎》《名人笔下的旧京》《梦回北京》梓行后，有人称誉是将描写旧京的散文一网打尽了。"作者不想图省事重复编选，他想在"一网打尽"之外"另起炉灶"，并自立了三条入选的标准。我们今天能读到这些"读所未读"的游记，皆得益于这三条标准。本书的严谨之处在于，内行的读者不难体察，那些插图是"原文配图"，也就是说本书近乎"老僧古庙"的初版书刊，同时别忘了欣赏民国作者的文字之美。

《窥视厕所》，妹尾河童著，三联书店2011年6月初版，定价29元。这是套丛书"妹尾河童作品"系列，介绍称作者是日本舞台设计家，另著有一本《窥视工作间》，也极富趣味，丰富的手绘立体图是这两本书的特色，超惹人爱。我打小使用的是旱厕，堆积到一定厚度就有掏粪工人来院子里掏，俗称"掏茅房的"。后来下乡插队，如厕均为就地解决，广阔天地大有作为嘛。前些年返插队之地怀旧，我没法在老乡家住宿的重要原因就是，无法再适应"就地解决"的陋习。日本人民爱洗浴，多么逼仄的居室也要留给浴缸一席之地，这本书又告诉我们，日本家庭对于厕所文明的讲究，有如他们制作的电器一样精益求精。

《如何不在网上虚度人生》，（美）肯尼思·戈德史密斯著，北京联合出版公司 2017 年 9 月初版，定价 39 元 8 角。这是本很容易被书名误导的书，我差点上当，如果换成咱们的作者写这本书，我必上当无疑。人世间费力不讨好之一，我以为是给"虚度人生"下定义，古人有云："不为无益之事，何以遣有涯之生。"奥斯特洛夫斯基则云："人最宝贵的是生命，这生命对于每个人只有一次。人的一生应当这样度过，当他回首往事的时候，不因虚度年华而悔恨，也不因碌碌无为而羞愧。"如何不在网上虚度人生，看似杞人忧天的问题，其实作者在教导我们认识网络、利用网络，而非从"沙发土豆"跳到"网络清教徒"那样简单的规劝。记得二十年前刚刚占用电话线上网的时候，一位资深网友对我说，他上了网先玩几个小时的游戏后才开始码字写作，我当时想怎么能如此浪费时间呢，真是愚人之见。

《早读过了》，杨早著，商务印书馆 2017 年 4 月初版，定价 54 元。杨早的书名玩了个把戏，"早读过了"实则表白"我读过了"。我知道杨早是他那本《民国了》开始的，接着又买了他的专业书《清末民初北京舆论环境与新文化的登场》，后来从微博上知道杨早书评写得好。以现在的出版形势，杂文随笔出成书，还是比较容易的，可是书评就难说了，而杨早的"随笔式书评"确有过人之处，才有了出版的机会。书评的缺陷是过度追求时效，甚至有广告之嫌，杨早文笔虽佳，亦未能免俗。比如这句："最近电信诈骗业风生水起，汤唯不幸成了该行业新的代言人。"我知道杨早说的是反话，事实上汤唯是受害人，属于"钱多人傻"。还有一点，汤唯只是当下的名人，可谁能保证若干年后的读者知道"汤唯"为何人。杨早不但自己写书，还是个好策划人呢，细细读过《〈四明别墅对照记〉之落生》这篇，便会了解杨早能量之大。

《龙榆生杂著》，龙榆生著，上海古籍出版社 2017 年 6 月初版，定价 56 元。此书印数奇少，只有 1300 册。印数少的好处是以后必增值不菲，这是我近年淘书的体会，几块钱的书如今非一两百元或更多莫办，还不是因为"物稀为贵"。印 1300 册也许少，但是印 5000 册则一定压库。还有一条体会，凡是我关注的旧时人物，其旧作整合新版，市场的反应一准儿波澜不惊，换言之，曲高必和寡。刊发龙榆生文章的民国刊物寒舍大都有存，原刊文没怎么读，如今读这本新编倒有"乍闻初见"之感。我有一"笔弱勤临秦汉碑"似的想法，多读旧时旧人文章，对于提高文字免疫力有好处。

《郑逸梅经典文集》，郑逸梅著，2016 年 8 月北岳出版社出版。文集分五本:《世说人语》《艺林散叶》《前尘旧梦》《芸编指痕》《艺林旧事》。我可以算作是资深"郑迷"，对郑逸梅单行本熟悉得一塌糊涂，当然知道除了《艺林散叶》，其他四本都属于"选编本"。腰封上的宣传语"部分内容由香港《大成》杂志首次特供"，不知道《大成》为何物的读者，仍旧不会明白"特供"特在哪里，云里雾里，至少应该于文末注明"原载《大成》某某期"吧，一概省略，对于我这样对于《大成》熟得一塌糊涂的读者倒无所谓，问题是那些广大年轻读者呢。书确实是好书，但是没有做好"出版说明"等细节，活儿略糙了点。这五大本比之郑逸梅生前所出单行本装帧各方面要强得多，增加了许多插图书影，就差那么一点儿即"功德圆满"了。

《勤务日志》，(日)田所广海著，上海书店 2015 年 9 月出版。这书要算"奇书"了，19 世纪在日本海军服役的军官田所广海在军船上所记日志，实为职务行为，如今影印出版，我们即可以称之为书。正是因为田所广海在"吉野"号服役，又正好见证了甲午海战中"谁先开了第一炮"，使得"撞沉吉野!"的悲壮口号有了历史回声。

《张爱玲研究资料》，于青、金宏达编，海峡文艺出版社1994年1月初版，印1000册。二十几年前，张爱玲远不如今天这么火热，拓荒之初，张爱玲仅仅属于小圈子的"研究"，所以印数少得可怜。七年之后的《张爱玲评说六十年》印数就猛增到7000册。金宏达先生感叹："现今文坛上，确有一些作家，经由他人或自己'炒作'，借以收揽注意力，于读者转瞬之前，卖出几本书，然而张爱玲不是。我们可以证言，当年犹豫再三，唯恐赔本的出版方同意签约出版《张爱玲文集》后，经其姑父李开弟先生要求，张爱玲予以授权，只是意在以每千字25元的微薄稿酬，济助亲属，嗣后不久，台湾皇冠提出交涉，此项授权遂终止。……另外，到现在为止，据我们所知，大陆未举行过一次关于张爱玲的研讨会或发布会，也没有一个机构以推介张爱玲为职志。"云云。我想套用一句鲁迅的话："捣鬼（炒作）有术，也有效，然而有限，所以以此成大事者，古来无有。"那些往"张爱玲热"上面泼"炒作"脏水的论调，不妨重温鲁迅先生的教诲。另外说一句，此书乃"铅字排版"的末代产品，如今看惯了电脑软件印出来的书，忽然怀起旧来。

《张爱玲年谱》，张惠苑编，天津人民出版社2014年1月初版。张爱玲热了这么久，年谱姗姗来迟，迟来有迟来的好处，新材料每年或大或小都有"出土"。由于张爱玲不记日记，所以爆炸性的材料永远甭指望了。张爱玲的书信尚未全部公开，关于她的后半生花絮仍可抱以小小的期望。我对我们国家的传记作家和年谱作家，一直抱以同情，因为他们几乎看不到原始的档案材料，比如说户籍档案等。以至于连张爱玲1952年7月离沪赴港，也只有个笼统的"7月"，具体日子阙如，好像整个7月的31天张爱玲都在"出走"。《张爱玲年谱》同年："8月20日赴港大注册"，便有了具体日子，这说明注册表保留下并有人查阅过。同年："11月，离开香港大学，前往日本东京找炎樱，寻求赴美的机会不成。"又是个笼统的"11月"，有研究者试图查找日本的出入境记录，人家很客气地回复："记录的有，属于个人隐私，非张爱玲亲属不给查。"呵呵，真要是张爱玲亲属，费那么大劲儿查这个干甚。基于同情心吧，《张爱玲年谱》尽管有这样那样的不足，但我在阅读和使用时都满怀敬意和理解。

《春申旧闻·春申续闻·春申旧闻续》，陈定山著，海豚出版社2015年7月出版。本书由吴兴文策划，自是最佳人选。我对笔记掌故素有兴趣，最先读这篇《临城劫案与吴崐山》，因为我存有旧书《临城大劫案》，又写过《抱犊崮》，希冀有新的材料。再读《紫罗兰庵逸事》，我想搞明白郑逸梅与陈定山，谁因袭了谁。《中国第一漫画家沈泊尘》，早期漫画家的身世往往无迹可寻，生卒失考，陈定山写人物往往不注具体年份，这是掌故家的缺陷，不如"考据家"之刨根问底。并非所有掌故我都爱读，风俗类较少兴趣。

《风起青萍——近代中国都市文化圈》，张伟著，福建教育出版社 2015 年 9 月初版。张伟先生于上海图书馆供职，对近代上海都市文化素有研究，出版专著多部，广大"史料癖者"尤为喜欢他的作品。我倒是想不出其他大图书馆的研究员有哪位像张伟这样，一本接一本地利用丰饶之馆藏出成果，间接使得读者如入珍本密库饱享眼福。

《书话与现代中国文学》，赵普光著，人民出版社 2014 年 1 月初版。过去我是很喜欢"书话"的，几乎到了"一见书话，就掏钱"的地步。近年对这两个字眼有些厌烦了，几乎到了"一见书话，掩鼻疾走"的程度。书话居然可以点出"一百零八将"，笑笑便算了，毕竟是可怜人的可怜之作。现在忽然见到书话与现代中国文学有了瓜葛，好生纳闷，书话啥时荣登"文学圣殿"啦。看罢，依旧不过是"拉大旗作虎皮"的东西。任何文学形式，如果没有一个庞大的作者群，在文学历史上便站不住脚。数数本书的书话作者群，来来回回就这十来位——钱、叶、曹、黄、唐、姜。当然将坊间的《梁启超书话》《林琴南书话》《蔡元培书话》《王国维书话》都拉进来的话，书话作者的队伍尚能壮大不少，问题是梁启超、林琴南、王国维、蔡元培自己愿不愿意背负"书话家"的头衔。我感觉如今的学者简直煞有介事"为赋新词强说愁"，书话，这么一丁点儿的东西，巴掌大的一块园地，却强加了那么多的肥料，就不怕烧死了书话？

《一个人的出版史（1982—1996）》，俞晓群著，上海三联书店2015年9月初版。可以这么说，一个人的出版史也许就是另一个人的阅读史，至少对我适用。俞晓群主事的"书趣文丛"六辑六十本，我收集到只差两本了。我一直认为"书趣文丛"最大的功绩，是使"出土文物"般的几位沦陷时期的老作家周黎庵（周劭）、文载道（金性尧）、周越然们"重见天日"。俞晓群还为现代文艺期刊史留下了一部可读性极高的《万象》杂志。虽然这本出版史只是俞晓群"三部曲"之一，可是我几乎可以断言，之二、之三难以超越之一。

《阿兰的战争》，（法）吉贝尔著，孟蕊译，北京联合出版公司2015年5月出版。这是一本漫画书，也是画传书，我极少买这种书。买的理由有好几个，第一个是"二战"，第二个是"漫画"，第三个是"细节"。二战书很多，我开始关注小国的、小人物的"二战"。漫画是我喜欢的那种画法而绝非

"动漫"，细节在文字书里缺少直观，漫画书就省事多了，作者更是认真到"徽章画错啦""散兵坑形状不对啦""车辆没画对呀"等，都得与传主商量着来。书里的许多画面，不似我们处处表现战争的残酷，反而有一种"苦中作乐"的闲情逸致，暗示着战争的间歇，你也得学会享受。

2017 年 1 月至 12 月

有人说，谢其章是新鸳鸯蝴蝶派

书桌、书架、书窝

"不是书房，是书窝。"走进谢其章的家，他就这样为自己的书房做了一个注解。

直到看到他的书房，才知道，用一个"窝"字来形容它，却是无比传神——房间很小，约六平，除了房间中央的一个小书桌，这间书房的四周都垒放着谢其章的"宝

旧杂志里讨生活的谢其章神要上世纪三十年代十里洋场的感觉，被人笑称为新鸳鸯蝴蝶派。

旧杂志里"讨生活"的
谢其章

贝"。人要是走进房间，立刻就会有种被书拥抱的感觉。

在书友圈中，谢其章戏称自己的书窝为"老虎尾巴"。"鲁迅北京的书房就叫老虎尾巴，我这个书窝在形状上就和他的老虎尾巴有些相似。"虽然书窝很小，但谢其章显然乐在"窝"中。

他说，为自己的书窝取名"老虎尾巴"，不仅仅是因为书窝的形状，还因为他非常赞同鲁迅所说的一句话，书房的一个特性就是要在"使用"中。"有些人的书房就是一个装饰，但真正的书房是要使用的，不仅要用来藏书，还要用来读书，这才是真正的书房，是使用中的书房。"谢其章的书窝，就是这样一间处于"使用"中的书房，每天他都会花上一大半的时间猫在书窝里，看书、写书。

"老虎尾巴"还有一点与众不同，这里的大部分书架、书桌、书柜都是谢其章的木工活，是他自己一钉一锤、敲敲打打制作而成的。就像他自己所说的，他对书桌和书柜都有些迷恋，似乎只有出自自己之手的东西，才能放心地把心爱的书摆放在上面。他还笑称，以前住平房的时候，自己在家里敲敲打打，没有楼上楼下的邻居责怪，现在住上了楼房，不能自己动手干木工活，似乎还有些不习惯。

"大家都在谈书房，可是我却很少看到有人谈书房里的书桌。其实书桌是很有趣的东西。有一句话说得很好，'书桌我不辜负它'。我对每一张书桌都是有感情的。"对于书桌和书柜的钟爱，其实还是来源于谢其章对书的痴迷。书、书桌、书柜构成他书房生活的整体，缺一不可。"每天我不是在使用书房，就是在看着它。曾经有个朋友让我去他的空房子里写东西，他以为那里安静比较适合写作。其实，我离开了我的这个书房更是一点都写不出来，自己根本不在状态。也许我跟它朝夕相处，已经有一种暗合了吧。"

二十年来买书日记

问起谢其章的藏书缘起，他慢慢悠悠地回答说，没有什么原因，就是自己喜欢呗。"那似乎是一种与生俱来的爱好。就偏偏喜欢看书。"谢其章说，他的父亲就爱看书，但他们兄弟三人，只有自己继承了父亲的这个爱好。20世纪80年代前，他和大部分人一样，虽然喜欢看书，但能买到的书、能看到的书都非常有限，直到80年代以后，谢其章的买书经历才真正开始。

"每个人心目中都有一个火种，遇到合适的时候，这个火种就会蔓延。我买书、藏书也是这样的。"谢其章说。

北京城的各个书店都早已被谢其章逛遍了，哪个书店有什么书、哪个书店的特色是什么，他了如指掌。但是，他最熟悉、最爱去的还是潘家园。

每周末，谢其章都会一大早就赶往潘家园，多少年来从不改变。"以前去就是淘书、买书，现在更多的是去会朋友，大家一起吹吹牛。"因为买书、藏书，谢其章认识了很多爱书之人，潘家园就是这些爱书之人的据点，他和朋友们在这里一起淘书，一起闲聊自己获得的书讯。"大家开玩笑说，如果在潘家园放个打卡机，那我肯定是全勤。如果有人想在那里找我，拿起大喇叭一喊，我就听到啦。"说起这些，谢其章满脸的兴奋。

当这种习惯成为一种生活时，谢其章的日记中也就记满了自己淘书、买书的点点滴滴。他从一堆书中翻出一个简单朴素的小本子，翻开这个本子，那密密麻麻的文字记录了谢其章二十多年来的"书生活"：哪一天买了什么书、某个书店进了新书、某个书的价格……

对于谢其章来说，每天记录自己的买书、看书，已经成为一种必不可少的生活习惯。而这些日记也记载和见证着他与书为伴的生活。"其实这些日记不仅仅是记录我个人的东西，现在翻看这些日记，可以看到咱们二十多年来社会的一种变化。无论是人们的生活，还是图书出版，我们都能够从这些日记中看到它们的发展轨迹。也许都是一些很细小的生活点滴，但却能够从这些点滴背后发现很有意思的东西。"

旧画报中看风景

在京城的藏书圈里，谢其章的旧书、旧刊物是相当有名的，甚至在旧上海画报、旧漫画杂志等的收集上他都能算作第一人。

谢其章说，收藏图书一定要有专题，而他的藏书主要有四大类，包括 20 世纪 30 年代的漫画杂志、电影杂志、30 年代的画报以及沦陷区的文艺刊物和所有张爱玲作品的初刊本。他把自己收藏的每一份老杂志小心翼翼地用透明文件袋装着，井井有条。他很少让人翻动这些泛黄的古董，但如果碰到一个知音，他就会把自己的珍藏拿出来，一一展示给大家，边展示边讲述那些旧纸旧刊的故事。

每一个故事从他嘴里说出来，都是精彩又神奇。

旧时上海画报的封面大多都是些描绘十里洋场的情景，一个女人和一个男人站在灯红酒绿的街头惜别，一个年轻美貌的女子等待归来的爱人……虽然杂志已经是几十年以前的东西，但封面的颜色却依然亮丽炫目。谢其章说，他就是钟爱这种十里洋场的感觉，因此有人笑称他为"新鸳鸯蝴蝶派"。他不在乎别人这样戏称，他说从这些被很多人熟视无睹的老杂志中，能发现很多我们逝去的东西，那就是丰富多彩、活跃、百家齐放。

谈话中，谢其章经常提到一本自己收藏的漫画书，在这本书中，有一个画家做了一系列名为《鲁迅奋斗史》的漫画。无论是在当时还是在现代，这样的漫画都会被看作是对著名作家鲁迅的一种调侃和讽刺，但《鲁迅奋斗史》却大大方方地刊登在漫画杂志上，毫无忌讳。"如果是现在，我们的漫画家未必画得出这样的东西，就算能画出来，也未必会有杂志刊登。"他说，20世纪30年代的漫画曾经被人和唐诗宋词比肩，尽管这种说法不一定正确，但足以证明那时候的漫画是多么活跃与精彩。"30年代的漫画时代是再也追不回来的。"这样的例子谢其章还能举出很多。他把这些称为"旧时代的文艺气息"，这种气息很自由、很丰富、很活跃，没有限制。他说他着迷的就是这样一种气息。"没有看过这些真正的旧杂志的人，不会了解它们的历史内涵有多深。"谢其章说，好多东西都被人忽略了，但正是这些被忽略的东西再也不可能复制了。"那些旧画报、旧杂志的装帧设计都是一丝不苟的，画报的封面都是丰富多彩的社会风卷图。现在的杂志大多都是千篇一律的美女封面，两者简直没有可比性。"说到这些，谢其章深感可惜。

他说，藏以致用。因此他把自己钟爱的各种画报封面汇编成书，每一个封面配上文字，讲述封面背后的故事。

"每一个封面都是一道风景，我要让大家都来看这些美丽的风景。"今年是中国电影百年，很多谢其章收藏的老电影杂志也派上了用场，他特别高兴能看到自己这些被称为"旧纸"的东西被更多的人看到，被更多的人欣赏。

"他们说我是旧社会来的人，其实，我就是在故纸堆里讨生活。我的生活乐趣就来自它们。"

采写：本报记者　甘丹

摄影：本报记者　郭延冰

■收藏语录

●大家都在谈书房，可是我却很少看到有人谈书房里的书桌。其实书桌是很有趣的东西。有一句话说得很好，"书桌我不辜负它"。我对每一张书桌都是有感情的。

●每个人心目中都有一个火种，遇到合适的时候，这个火种就会蔓延。我买书、藏书也是这样的。

●他们说我是旧社会来的人，其实，我就是在故纸堆里讨生活。我的生活乐趣就来自它们。

■书房主人

谢其章，民国老期刊收藏研究专家，已有二十多年藏龄，
1997 年被评为北京市藏书状元，出版有《创刊号风景》《创刊
号剪影》《漫话老杂志》《老期刊收藏》和《封面秀》等期刊
收藏类著作。

后记

　　收在这本小册子里的文章是这一两年里写的，最后一篇《新京报》对于"老虎尾巴"书窝的采访则是十二年前的事情，于我有着特别的意义。现在我已经拒绝媒体来书窝采访了，最后的一次是2015年，上海某电视台的两位年轻女记者，好说歹说非要来。结果呢，应了那句老话，"为人不见面，见面去一半"。这话有好几个意思，其中一个意思是慕名而来，见了面之后好印象去掉了一半。寒舍又小又没装修，实在无法招待来客。有的人误认为我架子大，我只得说，拒绝你来是失礼，请你来连个坐的地方都没有也是失礼。曾几何时，寒舍竟然来过好几拨电视台记者，有几回是录像，有一回是中央新闻纪录电影制片厂来真刀真枪地拍电影，电影名字是《光影百年》，有十秒钟的镜头。说起来，这个房子越住空间越小，因为无节制地买书，没什么可抱怨的。说起来，好像是空间与书的恶性循环，其实是一种良性循环，书买得越多，可供写作的题材越多。

2018 年 10 月 12 日晚

图书在版编目（CIP）数据

书窗风景 / 谢其章著 . —杭州：浙江大学出版社，
2020.8
ISBN 978-7-308-20072-1

I.①书… II.①谢… III.①随笔－作品集－中国－
当代 IV.① I267.1

中国版本图书馆 CIP 数据核字（2020）第 037794 号

书窗风景
谢其章 著

责任编辑	叶　敏
责任校对	吴心怡　周红聪
装帧设计	蔡立国
出版发行	浙江大学出版社
	（杭州天目山路 148 号　邮政编码 310007）
	（网址：http:// www.zjupress.com）
制　作	北京大有艺彩图文设计有限公司
印　刷	北京中科印刷有限公司
开　本	880mm×1230mm　1/32
印　张	8 .5
字　数	136 千
版 印 次	2020 年 8 月第 1 版　2020 年 8 月第 1 次印刷
书　号	ISBN 978-7-308-20072-1
定　价	69.00 元